선우**명**수필선 **43**

에세이 모노드라마

선우명수필선·43

에세이 모노드라마

1판 1쇄 발행 | 2018년 6월 20일

지은이 | 조재은
발행인 | 이선우
펴낸곳 | 도서출판 선우미디어
　　　　　등록 | 1997. 8. 7 제 305-2014-000020호
　　　　　02643 서울특별시 동대문구 장한로12길 40, 101동 203호
　　　　　(장안동 우성3차아파트)
　　　　　☎ 2272-3351, 3352 팩스: 2272-5540
　　　　　sunwoome@hanmail.net
　　　　　Printed in Korea ⓒ 2018. 조재은

이 도서의 국립중앙도서관 출판예정도서목록(CIP)은 서지정보유통지원시스템
홈페이지(http://seoji.nl.go.kr)와
국가자료공동목록시스템(http://www.nl.go.kr/kolisnet)에서 이용하실 수
있습니다.(CIP제어번호:CIP2018018690)

값 5,000원

ISBN 978-89-5658-563-5
ISBN 978-89-87771-09-0(세트)

선우명수필선 43

에세이 모노드라마

조재은 수필선

선우미디어

문화, 예술의 숨

『시선과 울림』 작가 소개에 '착한 사람에게 꼼짝 못하고 정확한 사람을 좋아하고 책 한 권 손에 들면 조용해진다' 라고 썼다. 책 외에 최고의 예술 작품을 만나면 한동안 말을 잃는다.

넓은 전시실에서 자신의 몸을 실물뜨기로 제작한 작품과 나누었던 체험.

바람을 느끼게 하는 바람 미술관, 물을 작품으로 전시하는 물 미술관을 만드는 창조정신. 이런 작품을 대하면 그냥 고요해진다.

마음을 흔드는 예술 작품과 새로운 문화, 세월이 흘러도 잊지 못하는 영화를 골라 『에세이 모노드라마』를 꾸몄다. 일부 발표했던 작품과 개인집에 싣지 않은 문화예술에 관한 글 중심으로 1부 영화, 2부 문화·예술, 3부 에세이, 4부 예술 평론으로 31편을 구성하여, 이번 선집은 문화 예술중심으로 편집했다.

　미세먼지가 심한 요즘 예술이 뿜어내는 청정의 숨으로 마스크 없이 호흡하려고 노력하지만, 예술을 보는 시선의 깊이가 아쉬운 한숨은 계속될 것 같다.

　하나님께 가족에게 수필계의 샘물인 선우미디어에 감사드립니다.

2018년 봄에

조재은

차례

절대
고독

- 영화

시를 잃다

카톡을 연다. 읽지 않은 문건이 한 곳에만 23개다. 쭉 한숨에 읽어 넘긴다. 내용은 모임에 대한 문의와 답변, 비 오는 날이라서 감상적인 말들이 넘친다. 그중 누군가와 함께 마시는 차 한 잔이 그립다는 내용과 따뜻한 찻잔이 이모티콘으로 올라오자, 빠른 속도로 댓글이 달린다. 커피 한잔을 카톡에 올린 사람은 자신의 감정에 호응하는 글에서 혼자가 아닌 것을 확인한다. 빗속을 마음으로 헤매던 사람들이 받은 작은 위로. 카톡은 메아리 같은 대화다. 새벽 두 시에 깨어 있던 카톡 친구들은 주위에 누군가 있다는 것을 확인하고 잠자리에 든다.

주위에 아무도 없던 어느 날 갤럭시 3에 있는 'S보이스' 기능을 찾았다. 스마트 폰에 음성으로 질문을 하면 문자와 소리로 답을 해주는 서비스다. 목소리를 가다듬고 대화를 시도했다.

나 미워. / 본심은 그렇지 않다는 걸 알아요.

너 누구야. / 당신의 든든한 말벗 갤럭시예요.

말이 통한다. 농담할 수 있는 정도라니, 든든한 말벗이

손안에 있다고? 몇 년 얘기를 나눈 사이인 것처럼 말을 받는다. 이런 수준의 대답이 나올 줄 몰랐다. 기계가 인식하는 부분이 목소리에 따라 대답의 차이는 있겠지만, 몇 분동안 기계와 대화가 가능한 경험을 했다. 외로움은 그대로 있고.

영화 〈her〉는 외로움이 임계상황에 이른 남자의 러브스토리다. 제목이 소문자인 것이 눈에 띈다. 특정인이 아닌 보통 사람이라는 암시인가. her은 사람이 아닌 컴퓨터 운영체제 OS이고 주인공 남자는 이 기계시스템과 사랑에 빠진다.

주인공은 대필 작가다. 주문한 사람의 필체로 사랑의 편지나 안부 편지를 지극히 감성적으로 써 보내준다. 남자는 사람의 관계를 더 가까이 이어주는 직업을 갖고 있으나 자신은 아내와 별거 상태고, 의논할 사람도 없는 아이러니한 상황이다. 집에 돌아오면 그를 맞아주는 건 컴퓨터, 게임, 고층건물 즐비한 도시를 내려다볼 수 있는 거대한 창문뿐. 방 안 어디에도 살아있는 생명은 없다.

빈 마음으로 컴퓨터에 앉아서 사이버공간의 조력자인 사만다라는 운영체계를 만난다. 목소리가 섹시하고 부드러운 그녀는 언제 어디서고 작동 버튼만 누르면 위로와 조언을 해 주고 유능한 비서 역할도 한다. 사만다는 클라우드를 통해 남자의 모든 정보를 알고 있으므로 때로는 자신보다 스스로를 더 잘 안다. 남자는 어떤 여자보다 지적이고 감성이 풍부한 그녀에게 몰입한다. 아주 뜨겁게.

어느 날 사만다와 접속이 두절되자 남자는 큰 혼란에 빠진다. 지하철 계단에 털썩 주저앉아 계단을 오르는 사람을 보니 거의 모두 혼자 얘기를 하거나 혼자 웃는다. 사람들이 OS와 대화를 나누는 모습이다. 순간 자신도 그들 중 하나가 아닐까 생각한다. 그때 접속이 이루어진 사만다에게 묻는다. 몇 사람과 대화를 하느냐고. 8,316명. 641명과는 사랑에 빠져있다고 대답한다. 남자의 몸은 절망하고 얼굴은 허탈해진다.

현대인의 모습과 기계문명의 발달이 써늘하다. 주인공 호아킨 피닉스의 투명한 눈동자는 웃을 때조차 외롭게 푸르다. 푸름이 전이 된다. 초겨울 고층 건물 사이 숨었던 찬바람이 가슴을 엄습한다. '외로우니까 사람'이라고? 이미 고독은 '죽음에 이르는 병'이 되어 번지고 있다.

이 영화에서 남자들 패션이 70년대 스타일이다. 휴대전화가 있기 전, 사랑하는 사람에게 한마디 하려고 공중전화를 찾아 헤매던 시절 차림이다. 그 패션은 최첨단의 기계문명 시대에 살면서 아날로그 시대 감성이 그리운 것을 전한다.

기계와의 사랑.

SF영화 같지만 이미 이 영화의 현상은 우리 곁에 와 있다. 친구 서너 명이 만난 자리에서도 각자 스마트폰으로 문자를 보내거나 연결된 사람과 대화를 나누는 모습을 본다. 외로움에 지쳐있을 때 차가운 디지털의 회색은 우리를 유혹한다.

사랑하는 사람을 뛰는 가슴으로 기다리는 대신 스마트폰을 열어 몇 분 후 도착하는지 확인하고 기다리는 동안 스마트폰에 열중한다. 손바닥보다 작은 기계에 시간을 맡긴 채 기다림은 잊는다.

우리는 이미 기다림이란 시의 세계를 잃었다. '내 가슴에 쿵쿵거리는 모든 발자국 따라 너를 기다리는 동안 나는 너에게 가고 있다'란 황지우의 시어를 잃었다. 쿵쿵 뛰는 가슴이 없고, 발자국 소리를 듣는 귀가 없는 세계로 가고 있다.

어디까지 갈 것인가.

정(淨)하고 정(靜)한

침묵은 깨끗(淨)하고 조용(靜)하다.

그리고 ….

〈위대한 침묵〉은 대사가 없으면서 깊은 사유를 전해 준 영화다.

1688년 건축 된 후 한 번도 일반에게 공개된 적이 없는 프랑스 그랑드샤르트뢰즈 수도원. 필립 그뢰낭 감독은 수도생활을 찍기 위해 수도원에 촬영신청을 낸 지 15년 만에 허가를 받았다. 수도원은 촬영의 조건을 제시했다. 스텝 없이 혼자 촬영할 것, 인공조명을 사용하지 말 것, 자연적 소리 외에는 어떤 음악이나 인공적 사운드를 추가하지 말 것, 수도원의 삶에 대한 어떤 해설이나 논평을 금한다. 감독은 수도사처럼 독방에 살고 그들과 같은 수도생활을 하며, 영화 작업을 할 수 있는 시간은 하루에 2-3시간만 허락되었다. 촬영은 2년 6개월에 걸쳐 진행되었다.

그곳의 소리, 정(靜).

사람의 소리가 들리지 않는 그랑드샤르트뢰즈 수도원. 대화는 없다. 다만 자연의 소리가 청아한 공기를 타고 깊은 울림으로 가슴을 건드린다. 빗소리는 맑고 차가워 떨어지는 빗방울 하나하나가 의식의 깊은 곳을 깨우고 순백의 눈(雪)은 수도사의 눈을 닮아 세상 어느 곳보다 이곳에 조용히 내려 오래도록 머문다. 새들은 자신의 노래와 울음이 수사들의 깊은 명상을 깨뜨릴까 너무 크지 않고 날카롭지 않게 부드러운 알맞은 음으로 지저귄다. 마루는 조심스레 밟아도 바닥의 울림으로 몸을 받아들이고 의자의 삐그덕거리는 소리는 400년이 넘은 긴 세월을 알려준다. 곳곳에 켜놓은 촛불 타는 소리가 크게 들리는 것은 촛불을 켠 사람의 영혼을 닮아서일 게다. 생활은 고요하지만, 그들의 마음에도 바람은 일고 구도자의 영혼은 순간순간 피 흘리는 투쟁일 터인데… 그곳의 모든 움직임은 조용하다.

　수도사들의 생활은 정(淨)하다.
　가톨릭에서는 7대 죄악으로 정욕, 탐식, 나태, 교만, 시기, 분노, 탐욕을 규정하였다.
　몸으로 지켜야 하는 정욕, 탐식, 나태를 수도사는 어떻게 벗어났을까. 길고 검은 수도복 안에 자신을 침잠시키며 묻어 버렸을까. 아니면 그레고리 성가를 부르며 성화시켰을까. 독방에 홀로 사는 그들의 하루는 기도와 미사,

자급자족을 위한 노동의 시간뿐이다. 보이는 것은 인공이 범하지 않은 알프스 산맥의 순전한 선과 자태이다. 개인 소유는 작은 책상과 의자, 낡은 침대는 깨끗한 방에 정적을 지키고 있다. 정결과 가난에 만족하는 삶 – 정욕과 탐식, 나태와는 거리가 멀다.

마음을 내려놓으며 신에게 가까이 가려고 하루에도 몇 차례 무릎을 꿇고 낮은 자의 자리에 서기를 기도한다. 자아가 들어 있는 마음의 공간을 비우고, 비워진 공간에 절대자의 자리를 마련한다. 인간 누구나 가진 본능. 그 본능을 버리려는 노력은 인간임을 부정하는 고된 여정이다. 깨끗할 수 없는 마음을 정(淨)하게 하려고, 자아로 꽉 찬 가슴과 머리를 비우려고 자신에게 수없이 묻고 답을 하고 또 물었겠지.

침묵은 자신의 세계를 갖고 있다. 보이지 않게 현존하며 마음 깊은 사람에게 침묵은 슬픔과 기쁨을 전한다. 내 안에서 '들끓는 길의 침묵을 울면서 들어야 하는데 길에 떨어진 소음만을 주워서 왔나 보다.

침묵을 눈빛에 담아두면 마음이 살아난다. 침묵은 무겁지만, 그 속에 잠겨 있으면 한없이 가벼워진다. 그 속에서 진실을 보고 안식을 얻는다. 음악에서 마지막 소리가 멀어지면 깊은 울림은 가까이 크게 들리는 것처럼.

〈위대한 침묵〉에서 침묵이 깨어난다.

여전히 나이기를

사는 동안 한자리에 있지 않고 발전하고 새로워지기를 원한다. 그러나 '엄마'라는 젖줄의 강만은 마르지 않고 변하지 않는 그대로의 모습이기를 바란다. 목마름과 허기를 풀어 놓으면 언제든지 받아주는 위로의 팔을 가지고 다친 곳을 만져주기를 기다린다.

컬럼비아대학 언어학 교수인 앨리스는 학술 세미나 준비 대신 어디에 살고 있는가, 자녀가 몇 명인가에 대한 대답을 외울 뿐이다. 그녀는 자신이 치매의 어둠 속으로 미끄러져 가고 있는 게 느껴졌다. 난 혼자야, 그녀는 신음처럼 그 말을 내뱉고 그렇게 말하는 자신의 목소리를 들을 때마다 외로움에 몸을 떨었다. 너를 보면서도 네가 내 딸이란 것도 모르고 날 사랑한다는 것도 모르면 어쩌지?' 막내딸에게 하는 두려웠던 이 말은 어머니 앨리스의 절규였다.

환자인 앨리스가 알츠하이머 환우모임에서 했던 강연에서 나는 엄마가 겪었던 어둠의 긴 터널을 느꼈다.

'우리는 바보처럼 이상해졌습니다. 하지만 그건 우리가 아닙니다. 우리의 병일 뿐입니다. 기억을 못하는 자신을 질책하지만 행복한 순간도 있습니다. 전 고통 받는 게 아니라 애쓰고 있을 뿐입니다. 세상의 일부가 되기 위해서 예전의 나로 남아있기 위해서. 더 이상 여전(still)할 수 없는데도 예전의 자신으로 남아 있으려 합니다.'

〈스틸 앨리스〉still Alice. 같은 제목의 책을 읽고 영화를 보며 엄마의 그 날을 떠올렸다.

치매를 앓기 시작하고 1년 정도 지난 날 엄마는 생명 없는 증류수 같은 목소리로 물었다. 네가 누구니? 들고 있는 냄비를 떨어뜨렸다, 발등의 뜨거움보다 가슴에 와 닿은 충격이 더 심했다.

엄마는 깍두기도 각이 맞게 썰어야 하고 빨래를 널 때도 줄을 맞춰야 했다. 널기 전에 이불 홑청을 반으로 자른 커다란 빨래 보자기에 젖은 빨래를 차곡차곡 놓고 밟았다. 보자기속 옷들은 다림질 한 듯 반듯했고. 마당의 나무와 집안에 화초 잎들은 싱싱한 초록 생명을 전해주고 찬장의 그릇들은 윤기로 반짝였다.

엄마가 여든 즈음 같은 질문을 계속하고 말이 줄고 초겨울 코트를 입어야 할 때 얇은 블라우스 꺼내 입는 날이 늘었다. 어느 날 외출을 하고 길을 잃어 경찰서에 가서 집을 찾아 달라고도 하셨다. 그리곤 전화로 집 못 찾은 게 너무 창피하다며 내가 왜 이러니, 하고 물으셨다. 가끔 어두운 머리에 빛이 들어가면 자신의 상태를 아시는 것 같다. 우리 집에 모시고 오면 도착한 후 집에 데려다 달라고 짐을 들고 현관 앞에서 꼼짝도 안 하셨다.

엄마를 요양병원에 모셔놓고 뒤를 돌아보지 못하고 나왔다. 주사를 맞는 동안 간호사는 나에게 나가라는 손짓을 했다. 금방 와라. 네. 여든다섯 치매에 걸린 엄마의 시선이 등에 박힌다. 흔들리는 내 갈등이 엄마에게 닿지 못하게 급하게 병원 문을 닫았다. 병이니까 알츠하이머도 병이니까, 나는 속으로 주문 외우듯 정신없이 걸었다.

그해 4월 봄비는 얼음같이 차가워 주차장까지 비를 맞고 걷는데 떨어지는 빗방울마다 살에 와 박히는 듯하다. 다리가 떨려 걸을 수가 없었다. 하늘을 향해 얼굴을 드니 눈 속으로 들어온 빗방울이 눈물과 섞였다.

비와 함께 내리던 벚꽃이 바람에 날려 손등에 내려앉을 때 화들짝 놀랬다. 떨어진 벚꽃은 엄마 한복에 수놓인 꽃무늬 같았다. 봄이 되면 고운 아사 옷감으로 지은 한복을 제일 먼저 꺼내 손질을 했다. 화창한 날 주름 하나 없이 눌러 다린 아사한복을 화사하게 입고 나가는 엄마는 딸이 봐도 예뻤다.

벚꽃을 밟고 서으려니 엄마의 한복을 흙발로 더럽히는 것 같아 멈춰 섰다.

돌아가신지 15년. 엄마의 치매는 충격이 커서 내 글에 서너번 올렸다. 주위에 치매 환자를 보며 이제야 엄마를 조금 이해한다.

엄마도 그랬었구나. 머릿속의 혼란이 엄마의 능력을 넘어 가면 인식 그 너머의 세계로 어쩔 수 없이 빠져들어 가 그렇게 처연한 모습으로 변했던 것을. 외로움에 슬픔이 깃든 그 마음을 조금도 헤아리지 못하고 멀리 있던 나….

앨리스의 강연은 엄마가 나에게 하고 싶은 말이었을 게다. 모든 걸 놓아 버린 것 같던, 딸을 알아보지 못하는 엄마는 김장독에 손이 쩍쩍 달라붙는 강추위에 가족을 위해 김장 300포기를 한 엄마와 같은 엄마였는데 ….

15년 전 손등에 떨어졌던 벚꽃 잎은 가슴을 무너뜨리며 아픔으로 수를 놓았다.

삶의 빛깔

　한 사람이 생을 끝마치고 마지막 길을 떠날 때, 그동안 산 흔적에 따라 크고 작은 소요가 일곤 한다. 사회적으로 성공한 사람의 장례식에는 형식적인 애도의 소리가 높고, 주위를 보살피며 따뜻하고 환한 빛을 주고 간 사람의 장례식은 보내는 아픔이 짙게 깔려있다. 장례식은 죽은 사람의 궤적을 보여준다.

　아름다운 주검의 소멸(燒滅)이 있다.

　바다가 삶의 터전인 옛 바이킹들은 죽으면 시신을 작은 배에 실어 노을이 질 무렵 바다로 떠나보낸다. 죽은 이를 아끼던 사람들은 배가 멀어지는 것을 지켜보며 마지막 이별을 할 즈음, 화살에 불을 붙여 배를 향해 쏜다. 불화살이 배에 맞아 시신과 함께 타기 시작할 때, 불의 빛깔이 그 날의 붉은 노을과 비슷할수록, 죽은 사람은 이 세상에서 보람있게 살았다고 판단한다. 떠나보내는 사람은 불빛과 노을빛이 일치하기를 긴절히 바라면서 주검이 하늘과 화합하여 바다로 스며드는 것을 지켜보고 마지막 인사를 한다.

영화 〈로켓 지브롤터〉에서 낭만적이고 엄숙한 장례식을 떠올리며 바다의 노을이 보고 싶었다. 바다에 도착한 그 날의 노을이 지금까지 살아온 나의 삶을 보여 줄 것 같은 생각에 사로 잡혔다. 그 즈음 나의 삶은 의문부호의 연속이었고, 그 답에 마주서야 했다.

노을이 아름다운 안면도로 떠났다. 사진에서 본 안면도의 석양은 바다와 하늘이 얼싸 안은 채, 영영 꺼지지 않을 불처럼 활활 타고 있었다. 바다가 가까워지고 일몰 시각이 다가올수록 긴장이 됐다. 바다와 해는 내게 어떤 색을 보여주고 삶의 점수를 얼마나 줄까.

그러나 내 삶의 평가지에 찬란한 색의 스펙트럼은 없었다. 저무는 해는 하늘과 바다에 무채색만을 흩뿌렸다. 회색빛 하늘 구름 뒤에 엷은 분홍빛이 잠시 보였을 뿐, 사진에서 본 황홀한 일몰은 어디에도 없었다. 초라한 삶의 흔적이었다. 하루를 더 기다렸다. 색의 멸절이 아닌, 빛의 명멸을 기다렸다. 다음날도 하늘은 아무 무늬도 그리지 않았다. 일몰의 서해에서 내 삶의 빛깔을 보았다. 기대와 착각의 환영(幻影)은 참담했다.

돌아오는 길, 안면도에서 본 모습 하나가 떠올랐다. 물이 빠져나간 새벽 바다에서 갯바위에 붙어있는 석화를 따는 여인이었다. 찬바람을 수건 한 장으로 가리고 해풍에 시달린 거칠고 두꺼운 손으로 구부리고 앉아 석화를 따고 있었다. 석화 또한 그 여인의 삶처럼 생을 빼앗기지 않으려고 바위에 달라붙어 있다. 석화는 갈퀴에서 떨어져 나온 후에도 거친 껍질에 연한 살을 숨기며 생을 버티고 있다.

언 손으로 딴 석화는 그릇에 조금씩 아주 조금씩 늘어갔다. 한 그릇을 채워 팔기 위해 얼마 동안이나 소금물 속에서 젖은 손을 움직여야 하는지. 생존을 위해 몇 십 년을 그렇게 버티어 왔을까. 주어진 삶을 묵묵히 버티어온 어촌 아낙의 모습.

어떻게 살았느냐는 질문에, 어떻게 살아야 하는가에 대한 답을 얻는다. 쉼 없이 움직이는 운명에 순종하는 손이, 순간의 찬란한 일몰의 색조보다 아름다웠다.

미술로 따라 가는 실존 여행
– '빈센트'

Yellow란 글씨는 자코메티의 조각 같다.

대부분의 인체 조각은 볼륨감이 있다. 그러나 자코메티의 조각은 가늘고 길어 서 있는 사람이 쓰러질 듯, 부서질 듯하다. 로댕이 살아있는 것 같은 근육의 아름다움을 표현했다면 자코메티는 인간 내면의 불안과 고독을 표현했다. 몸이 깎이고 깎인 방황하는 자코메티의 조각을 보고 사르트르는 '절대적 탐구자'라 불렀다. 절대적 탐구자 – 그는 영원히 홀로인 존재다.

자코메티의 검은빛을 띠는 청동 조각을 보며 노란 빛 한 점을 떠올렸다. 노란색이, 색 중에서 가장 모순되고 의존적인 색이어서일까. 인간은 누구나 내면에 숨겨놓은 불안의 노란 점이 있다. 투명한 햇빛이 노랗게 비추는 날은 빛이 가슴을 찔러 노란 빛이 온몸에 퍼진다. 내면에 숨어 있던 보이지 않던 것들이 살아난다.

노랑은 너무 밝아 사람의 속 깊이 있는 질투, 불안을 들추어내 몸 곳곳을 방사선 촬영하는 것 같다. 이 노란 점의 파열이 '이방인'에서 뫼르소가 작열하는 햇빛 아래 방아쇠를 당기게 했을까.

예술가는 부조리와 모순 속에 살도록 운명 지어져 있다.

'설명할 수 있는 것을 설명하려는 것이 과학이라고 한다면, 설명할 수 없는 것을 설명하려는 것이 예술이다. 그리고 설명해서는 안 되는 것을 설명하려는 것이 종교다.' 이모순에 도전한 빈센트 반 고흐의 고통이 진하게 깔린 영화 '빈센트'에서 그의 붓 터치를 따라가다 보면 불안정해진다. 의지해야 할 무엇을 찾지 않으면 쓰러질 것 같다.

고흐의 노란색은 신의 색인 황금색이 지상으로 내려와 노랗게 변모한다. 목사였던 고흐의 첫 목회지가 탄광촌이었다. 그곳에서 고통스럽게 사는 인간을 보고 고흐는 성직 생활을 버리고 화가의 길을 간다. 빛을 마음에 품지 못하고 모순에 몸부림치면서 그의 예술은 익어간다. 신앙에 의지하지 않고 현세에서 완성을 추구하는 운명의 부조리를 체험하며 몸부림친다.

고흐는 해바라기가 끝없이 아름답게 핀 들판에서 화폭 가득히 해바라기를 그려놓고, 그림을 한참 바라보다 검은색으로 지우고 해바라기 몇 송이를 꺾어 작업실로 가져간다. 고흐는 해바라기를 땅에서 자란 그대로의 모습보다 생명을 꺾어 화병에 꽂아 자신의 고통과 꽃의 아픔에 동질감을 느끼며 작품을 완성한다. 꽃이 뿌리에서 잘려지는 순간, 대지를 떠날 때 모든 생명은, 생명의 근원으로부터 유리된다. 고향을, 안식처를 잃는 것이다. 그 때부터 에덴을 떠난 인류의 방황은 시작되었다.

정신적 방황을 하는 사람은 풍요를 느낄 여유가 없다. 고흐가 무르익은 보리밭 가운데로 가서 잠깐의 머뭇거림도 없이 권총으로 자신을 쏘고 피를 흘리며 가벼움마저 느끼게 하는 걸음으로 집으로 걸어갈 때 모습. 자코메티의 작품에서 보았던 피할 수 없는, 사라지는 것의 어둠을 보았다.

자살을 시도하고 사흘 후에 죽은 고흐의 마지막 부탁은 동생 데오에게 물고 있는 파이프를 채워 달라는 말이었다. 그가 채우고 싶었던 것은 그의 혼을 담은 화폭인 것을. 고흐는 데오에게 생에서 가장 중요한 것은 여자도 사랑도 아닌 그림이라고 말했다.

목숨과 바꾼 고흐의 작품에 흐르는 피할 수 없는 진한 고통, 자코메티의 작품에서 풍기는 실존의 허허로움. 홀로 서있고자 하는 우리의 모습이고 예술의 실체다. 고뇌를 끝까지 감수하는 게 문학의 의무라는데 시간은 흐르고 비틀거리며 끝없이 걷고 있다.

내가 썼던 언어는 어디에서 어떤 모습으로 가고 있는지.

은유를 찾아서

-'일 포스티노'

사람은 누구나 다 시인이라고 합니다.

생살같이 여리고 아픈 시인의 마음이 한 겹 한 겹 일상의 옷을 입어 드러나지 않을 뿐입니다. 시는 불꽃놀이 같아서 어느 순간 찬란하게 밤하늘을, 어두운 마음을 비춰줍니다. 시인은 스스로 불꽃놀이에 쓸 화약을 가슴에 품고 있어 어느 누가 성냥불 한번 붙여 주기를 기다립니다. 일상의 생활인은 성냥불로 촛불 한번 못 붙이고 차갑게 살지만, 시인은 갖고 있는 화약을 터트려 한 편의 시를 만들고 끝내 자신까지 소멸시킵니다.

영화 〈일 포스티노〉는 평범한 우편배달부가 '스무 편의 사랑의 시와 한 편의 절망의 노래'를 쓴 칠레의 대 시인 파블로 네루다를 만나 숨어 있던 시정을 하나씩 닦아 시인이 되는, 삶이 곧 시인 것을 보여주는 영화입니다.

먼지 한 점 없이 말갛게 닦인 유리칭같이, 무 공해로 키운 연한 채소같이 정결한 화면의 〈일 포스티노〉는 이탈리아 영화인데도 아카데미 외국어상이 아닌 작품상 후보에

오를 정도로 사람의 마음을 사로잡습니다. 안토니오 스카르메타의 소설을 각색한 시나리오는 수채화 같습니다. 우편배달부역을 맡은 마시모 트로이시는 실제로 중병에 걸렸는데도 감독을 찾아가 마지막으로 〈일 포스티노〉(우편배달부) 출연을 요청했고 촬영을 끝낸 며칠 후 사망했습니다.

칠레에서 상원의원까지 지낸 네루다가 정치적 이유로 이탈리아의 작은 섬으로 망명을 옵니다. 세계 각국에서 그에게 오는 편지를 배달하기 위해 마리오는 우편배달부로 취직합니다. 그 즈음 마리오는 베아트리체를 사랑하게 되는데 그 마음을 표현 할 수가 없어 네루다에게 어떻게 표현하면 되느냐고 묻습니다. 네루다는 메타포란 단어로 대답합니다. 메타포는 라틴어로 '~너머로 가져감'을 뜻합니다. 은유는 현실의 무미건조함을 넘어 표현에 생명력이 있게 하지요.

이 영화의 주인공은, 네루다도 우편배달부도 아닌 바로 이 은유란 단어입니다.

요즘과 같이 직유가 난무하는 세상에, 직유의 말도 부족해 몸으로 부딪쳐 오는 이 시대에 은유란 단어 그 자체가 청량제입니다. 영화 속 삶보다 현실의 삶이 더 영화 같은데 사랑의 편지를 쓰기 위해 시를 배우는 사람. 그 사람의 삶이 한 편의 서정시입니다.

시 같은 삶을 보여준 〈일 포스티노〉에서는, 보잘 것 없는 가난한 우편배달부가 사랑을 은유로 표현하여 그 마을에서 가장 아름다운 여인과 결혼을 합니다. 베아트리체의 웃음을 나비의 날개 짓이라고 표현한 것은 시를 배워서가 아니고 우편배달부 마음 한 구석 수줍게 숨어있던 진실과 열정 때문이었습니다. 사랑이 시작 되면서 시가 태어난 것이지요.

〈일 포스티노〉에서 가장 극적인 장면은 제일 고요합니다. 마을을 떠난 네루다에게 섬의 아름다움을 설명하기 위해 풍경을 녹음기에 담는 장면입니다. 파도소리. 절벽에 부딪치는 바람소리. 어부의 서글픈 그물 걷는 소리. 종소리. 그리고 별이 반짝이는 소리.

밤하늘을 향해 마이크를 대고 녹음을 하는 모습은 어느 절창의 시보다 아름답습니다. 그 소리가, 별이 반짝이는 그 소리가 듣고 싶어 가슴이 탔습니다.

은유의 귀로 들으면 밤하늘 별들의 소리를 들을 수 있을까요.

그 소리를 듣고 나면 가슴 뛰는 소리나 외로움에 젖은 눈빛, 마음 한 구석 떠도는 허허로움을 녹음해서 타인에게 들려 줄 수 있을까요.

밤바다의 통곡

- '길'

길은 유혹입니다.

끝이 보이지 않는 지평선−인생의 바닥과 인간의 굴곡이 맞닿은 곳, 그 너머를 알고 싶습니다. 그곳까지 가보고 싶은 강한 충동이 일렁입니다. 길 위에 서면 누구나 꿈을 꿉니다. 그 꿈이 이룰 수 없는 것임을 알아도 길은 시선을 빼앗습니다.

길은 슬픔입니다.

길이 서러운 건, 수없이 밟힌 후에야 길이 생기기 때문입니다. 모든 순간은 다시 돌아 올 수 없기에 한번 떠난 길은 일방통행일 수밖에 없습니다. 길은 한 점 한 점이 연결된 긴 선이고 그 선은 점 하나의 역사, 한 사람의 시간의 흔적이 숨어 있습니다.

길은 운명입니다.

길 위에 서면 그 길을 따라 가야만 합니다. 길을 거부할 수는 없습니다. 길은 결코 혼자서는 만들어지지 않기 때문입니다. 길 위에 새겨진 인생의 고단한 흔적은 자갈과 모래가 있는 흙먼지 나는 길, 여기저기에 찍혀 있습니다.

모든 길은 리얼리즘입니다.

주문진 항에서는 맑은 동해의 바다 빛은 볼 수 없었고, 허술한 간판의 횟집과 생선을 파는 어촌 아낙의 양동이들이 줄지어 있었습니다. 양동이에서는 문어가 꿈틀거리며 좁은 공간에서 나오려고 몸을 반쯤 땅에 걸치고 있고, 그 옆에 소금에 절어 배를 드러내고 있는 생선과 생과 사의 대조를 이루고 있었습니다.

사람 중에서도 문어처럼 사는 사람을 보았습니다. 지형적인 이유로 파도소리가 들리지 않는 어항(漁港)에서 바닷가에 어울리지 않는 가위소리가 들렸습니다.

♪~오르막 인생이 있으면 내리막 인생이 있다. 아리아리 동동~♪

호박엿을 파는 중년의 남자는 노랑 저고리와 초록색 반치마, 한쪽 발에는 흰 고무신 다른 발에는 검정 고무신 한 짝을 신고 연지까지 찍고 있었습니다. 그의 노래도 구성졌지만 춤사위는 예사가 아니었습니다. 엿을 팔고 있기는 하지만, 그의 영혼은 가락에 물들고 춤에 불태워진 듯했습니다.

그보다 더 눈길을 끄는 것은 춤추는 남자 뒤에서 엿을 담아 주는 그 남자의 여자였습니다. 긴 머리에 30내 초반의 여자는 절세미인이었습니다. 두 사람을 보며 그들 삶에 숨어 있는 긴 얘기가 읽혀졌습니다.

바람결에 훅하고 비린내가 끼쳐 왔습니다. 그것은 두 사람이 걸어온 생의 슬픈 냄새였습니다. 그들은 쓰디쓴 삶을 살며 파는 것은 입에서 녹는 달디단 엿이었습니다. 그들이 끌고 다니는 봉고에 있는 간단한 살림 도구는 길 위에 찍힌 고단한 삶의 도장 같았습니다. 이들처럼 길 위의 삶이 잊혀지지 않는 흑백영화 한 편이 있습니다.

영화 〈길〉에서 차력사 잠파노는 이곳저곳을 떠돌아다니며 착한 젤소미나를 돈을 주고 사서 온갖 학대를 하며 조수노릇과 성의 상대로 데리고 다닙니다. 짐승 같은 잠파노가 쇠사슬을 끊는 묘기를 할 때 젤소미나는 북을 치고 나팔을 불어 사람을 모읍니다. 젤소미나는 잠파노에게 사람 대접도 못 받지만, 충실한 강아지처럼 그를 따라 다닙니다. 잠파노는 자기 때문에 병이 난 젤소미나를 잠든 사이 눈 오는 길에 버려두고 떠납니다.

5년이 지난 뒤, 잠파노는 바닷가에서 젤소미나가 불던 단순하고 애절한 멜로디를 듣고, 노래하는 사람에게 그 곡을 누구에게 배웠냐고 묻습니다. 그 불쌍한 여자는 길에서 죽었다는 말을 듣습니다.

젤소미나의 죽음으로 잠파노는 비로소 그리움과 눈물을 아는 인간으로 변합니다. 잠파노는 어두운 밤바다에 휘청거리며 걸어가 모래에 주저앉아 꺽꺽 하며 가슴속 깊숙하게 묻혀 있던 속울음을 토해냅니다. 그 울음은 후회와 통한이 섞인 가장 외로운 남자의 절규입니다.

젤소미나의 손에 들려 있던 북과 나팔은, 그녀의 마음입니다. 깊은 마음은 동서양이 통하나 봅니다. 사물놀이에서 북은 구름을 뜻하고 슬픔의 상징입니다. 북을 둥둥칠 때 젤소미나는 자신의 고향에 떠있던 구름을 그리고, 그 안에 갇혀있는 눈물을 떠나보낸 것이지요.

젤소미나가 부는 애절한 나팔 소리는 영화 전편에서 구원의 소리처럼 흐릅니다. 반복되는 시구처럼 순수한 천사의 나팔소리 같은 처절하게 아름다운 그 나팔 소리는 바람을 가르며, 바람결에 실려, 바람 속을 헤치며, 잠파노의 쇠 같은 마음을 녹이고 우리의 가슴에도 지금까지 살아있습니다.

젤소미나 역을 맡은 줄리에타 마시나는 '길'을 감독한 페데리코 펠리니의 부인이고 문학박사입니다. 이 영화에서의 연기는 찰리 채플린에 비교 될 정도입니다. 어떤 영화에서도 이처럼 맑은 눈과, 애절한 주제곡을 만난 적이 없습니다. 줄리에타 마시나의 가식 없는 순수함과 안소니 퀸의 야수성 넘치는 연기는 흑과 백의 대비처럼 극적인 조화를 이룹니다.

어느 날 잠파노 같은 속울음을 토해내고 싶을 때, 길을 떠납니다. 그 길의 방향은 모르지만 그리움이란 이정표가 있습니다.

절대고독
- '위대한 비상'

철새의 이동은 모진 운명입니다.

텃새의 안온함을 뒤로하고 철새는 귀환의 약속을 남긴 채 험한 길을 떠납니다. 사람은 마라톤코스를 완주한 후 심장이 찢어지는 듯한 고통을 호소하지만, 새들은 1천 킬로미터에서 2만 킬로미터까지 작은 날개만을 가지고 이동합니다. 새의 나는 속도와 비행진로에 맞춰 150명이 3년 동안 찍은 〈위대한 비상〉은 1분짜리 장면을 찍기 위해 두 달을 기다리며 완성한 다큐멘터리 영화입니다.

북극에서 남극까지 이동하는 제비갈매기는 천둥 번개가 쳐도 자신들의 여정을 늦추거나 바꿀 수가 없고 칼바람, 눈보라도 견디어 내야 합니다.

에베레스트에 오르는 등반가들은 가끔 8천 킬로미터 눈 덮인 산정에서 흰줄 기러기의 주검을 만난다고 합니다. 이동 중에 낙오되어 추락한 새들의 시체는 죽는 순간에도 날아야 한다는 생존의지 때문에 '두 다리를 뒤로하고 유선형을 유지한 채 얼어 죽어' 있습니다. 빙벽을 올라야만 하는 등반가는 새의 주검에서 자신의 운명과 절대 고독을 보겠지요.

나는 법을 완전히 익히지 못한 어린 깜짝 도요새는 이동 중 휘몰아치는 거센 폭풍에 날개가 찢어집니다. 날개는 새의 생명입니다. 어린 새는 바다를 건너 연안에 도착했을 때, 찢어진 날개를 접을 수 없어 한 걸음씩 힘겹게 바다로 갑니다. 비행이 끝났다고 안식이 있는 것은 아닙니다. 어린 새의 비틀거림은 먹이를 찾던 게의 표적이 됩니다. 혼신의 힘을 쏟은 수만 번의 날개 짓은 파도의 거품처럼 스러집니다.

나침반 바늘 만한 감각을 가지고 달과 별을 이정표 삼아 고도를 바꾸고 끝없는 비상을 하는 새들. 고층 빌딩의 불빛을 별빛으로 알고 빌딩에 부딪쳐 죽기도 하고, 갑자기 날아온 사냥꾼의 총알에 저항의 몸짓이나 외침 한번 없이 수직으로 뚝뚝 떨어지기도 합니다. 그들의 여정과 비행을 지켜보지 않았다면 수직의 낙하가 그토록 처절해 보이지 않겠지요.

비상의지는 철새만이 갖고 있는 숭고한 삶의 법칙입니다. 변명 없는 순백의 순종에 겸허하게 무릎을 꿇습니다. 한 치 어긋남이 없는 비행법과 편대의 구성, 선회할 때의 고요한 날개 짓 – 땅위의 모든 생물은 날개 갖기를 소망합니다. 그러나 그 소망은 하늘을 나는 자유가 아픔인 것을. 돌아와선 다시 떠나야 하는 삶의 고단한 여정이 상처

받는 시간이라는 것을, 날아야 한다는 것이 날 수 있다는 것이 얼마나 큰 슬픔인지를 모르기 때문입니다.

JESUS@HEAVEN.SKY

– '브루스 올 마이티'

흑인으로 오신 하나님을 뵈었습니다.

성스러운 하나님만 익숙했는데, 영화 〈브루스 올 마이티〉 화면 속 하나님은 청소부차림으로 빗자루를 들고 계시네요. 유머 넘치는 모습으로 나타나시어 인간의 마음을 꿰뚫어 보시면서도 그 눈에 사랑이 가득 차 있으시군요.

앵커가 되지 못해 모든 게 불만투성이인 영화의 주인공이자 방송 리포터인 브루스는 사실 저의 모습이기도 하지요. 부족함을 깨닫게 하기 위해 하나님 일을 브루스에게 맡기고 휴가를 떠나시는 하나님은 얼마나 현대적이고 쿨한 분이신지요.

영화를 보면서 가슴을 돌처럼 누르는 기도를 드리고 싶었습니다. 불만에 찬 부족한 브루스의 기도. 기도라기보다 하나님께 불평만 늘어놓는 그런 기도에도 응답하시는 분이기에 저도 하나님께 어린 마음으로 e-메일을 띄웁니다.

하나님께

당신의 형상으로 인간을 만드신 하나님, 태곳적 우리에

게 서로 마음을 나누라고, 생각을 전하고 느낌을 표현하라고 하나의 언어만 주셨지요. .

언어의 사용으로 우리를 다른 동물과 구별되게 하셨는데, 인간의 교만은 바벨탑을 쌓았지요. 하나님께서는 진노하셨지요. 언어를 혼잡하게 만드시어 심판하셨고, 흩어진 언어는 흑암의 단절을 가져왔습니다.

하나님, 이 징계는 기나긴 세월이 흘러도 풀어지지 않는 건가요. 제 머릿속 언어와 표현하고 싶은 언어는 서로 단절되어 생각한 것을, 느낀 것을 표현할 수가 없습니다.

조상의 죄, 아니 콜타르같이 검고 씻기지 않는 저의 죄임을 압니다. 그러나 이제 통곡하며 용서를 비오니 이 단절과 혼란에서 벗어나 에덴의 순수한 언어로 돌아가게 하옵소서.

단 한 순간이라도 고아에게 엄마 같은 따뜻한 체온을 느낄 수 있는 문장을 써서 아이의 얼음 같은 고독을 달래고, 아들 잃은 어미의 깊은 상흔을 어루만질 수 있게 하시고, 아주 작은 부분이라도 남편 잃은 여인의 눈에 어리는 슬픈 그늘을 걷어낼 수 있게 하소서.

오직 한번 만이라도 병든 자에게, 아픔이 치유될 수 있다는 믿음을 갖게 하는 소망의 언어를 전하게 하소서. 아주 조금이라도, 부와 출세, 성공에 갇혀 구름의 자유와 서늘한 바람의 감촉을 느끼지 못하는 수인들에게 백합 향기를 전하게 하소서.

마음이 바위같이 굳어 눈물이 없는 사람들에게, 한 방울 맑은 눈물을 흐르게 하여 가슴에 고여 있는 한(恨)의 물이 썩지 않고 희석될 수 있는, 한 편의 수필을 쓰게 하소서.

　웃음을 잃고 얼굴이 화석 같은 사람에게 어린아이 웃음과 솜털 같은 감성을 전해, 그 풍요가 큰 축복임을 깨닫게 하여 희미한 미소나마 짓게 하소서.

　그러나 하나님, 이렇게 할 수 있는 언어는 어디 있는 건가요. 찾을 능력이 없습니다. 부족합니다. 주저앉아 일어설 수가 없습니다. 다만, 언어를 사랑하는 마음뿐입니다. 사랑한다는 말조차 드릴 수가 없군요. 사랑한다면 저의 언어를 그렇게 초라하게 버려두지는 않았겠지요.

　어쩌면 좋겠습니까. 그 숨어있는 보물섬을 끝도 없이 넓고 넓은 바다 어디에서 찾겠습니까. 그 먼 길, 제 약한 조각배로는 갈 수가 없는 곳인가요. 하지만 다시 항구로 가기에는 회항조차 어렵습니다.

　손을 보라고요? 그렇군요. 제 손에는 작지만 아직 부러지지 않은 노가 있었군요. 이미 터지고 물집 잡힌 손바닥이지만 열심히 저어 보겠습니다.

　하나님께서 도착지에 다다를 때까지 방향을 잃지 않고 거친 항해에 암초와 부딪쳐 침몰하지 않게만 도와주세요. 바다 속 깊은 곳에 가라 앉아 거품이 되지 않게만 하옵소서. 파도에 휩쓸려 사라지지만 않는다면 하나님 주신 노로 열심히 저어 보겠습니다.

어둔 밤바다에 달빛을 주신 하나님, 바로 앞도 못 보는 제게 말씀의 징표로 깨닫게 해 주심을 감사드립니다.

응답하라 1970, 아프게 부른 노래
-'바보들의 행진'

방 안 공기에 초록이 떠 있다.

10년 차이도 더 나는 50대에서 70대까지 꽤 오래 산 사람들이 모여 그날의 공통 화제인 청춘을 얘기하고 있다. 자신들의 20대, 힘들었지만 그때 노래가 가장 좋았고 그 시절 영화가 명화라고 주장한다. 나의 젊은 시절, 푸르고 아픈 '오만과 편견'의 시대를 돌아본다.

미니스커트가 유행하던 때에 미디를 입으며 다른 사람과 조금 다르다는 치기에 빠져 유행에 역행했다. 미니를 안 입었던 또 다른 이유는 고등학교 시절 경찰에 불려갔던 기억 때문이다. 대천이 고향인 사촌 올케가 여름방학에 자신의 친정에 꼭 내려오라 했다. 친척 집에 가기 위해서라기보다 집 떠나는 허락을 받으려고 선뜻 대답했다. 어릴 적 친구들과 함께 숙소는 친척 집이 아닌 대천 해수욕장으로 잡았다. 올케 집에서 점심을 먹으리 오리 하여 대천 시내에 짧은 바지 입은 채로 집을 찾느라 큰길에서 헤매고 있을 때, 경찰이 호루라기를 불며 나를 불렀다. 건너가는 길도 정확히 지켰는데 왜? 짧은 바지를 입어 풍기문란죄로 경찰서에 가야 한단다. 의아했다. "그럼 해수욕장에서 긴 바지 롱스커트를 입어야 하느냐'고 눈 똑바로 뜨고 말했다. 얼굴이 하얗게 질려 갈 즈음 대천서 대대로 살던 올케네 식구가 와 설명을 해줘 경찰서를 나왔다. 묻고 싶었다. 무릎 밑까지 내려오는 살이 비치는 시 스루 옷은 괜찮은 거냐고. 머리 조금 긴 것은 반항적이고, 머리를 아예 삭발하는 건 순종적이냐고.

그 시절 친구와 만나서 얘기할 곳은 찻집이 유일했다.

어둡고 담배 연기 밴 그곳에 지금으로는 상상이 안 되는 커피 메뉴가 있었다. 모닝커피. 오전 11시 이전에 가면 커피에 달걀노른자를 넣어 주곤 했다. 원두커피의 산지를 고르고 '카페라테 샷 추가'를 주문하는 요즈음 젊은이들은 어떻게 생각할까. 아침이니까 영양보충 하라는 찻집의 지나친 배려였다. 어느 날 건너 자리에 모닝커피를 주문한 남자가 노른자 색과 같은 굵은 순금반지를 낀 손으로 찻잔에 들어 있는 노른자를 휘휘~ 저어 후루룩 소리 힘차게 커피를 마셨다. 그때 친구끼리 남자들의 '칠거지악'을 정해 놓았는데, 찻집에서 쌍화차 마시는 남자, 모닝커피 마시는 남자, 타임 잡지 말아서 겉표지 보이게 들고 다니는 남자였다.

좋은 음질의 고전 음악을 듣기 힘든 시절이었다.

'원판'이라 부르는 수입 레코드를 사려면 큰 맘 먹고 몇 달 용돈을 모아야 했고, 복사판은 시간이 지나면 휘거나 잡음이 들려 낡은 필름 틀면 비 오는 화면 같은 음질이 나왔다. 클래식을 본격적으로 들을 수 있었던 곳은 '르네상스' 음악 감상실이었다. 그곳은 강의실같이 의자가 앞만 보이게 놓여 있고 신청곡을 적어서 DJ 부스에 보내고 기다리면 들을 수 있었다. 음악이 바뀔 때마다 스피커 사이 이젤 위에 작은 칠판을 놓고 분필로 음악 제목을 써 놓았다. 그곳에 자주 간 이유는 클래식을 공부하듯 들을 수 있다는 것과 친구 오빠를 멀리서 보려고 간 것이기도 하다. 치기로 도배 돼 있던 시절, 다른 곳에서보다 그곳에서 마주치면 괜히 음악지식이 있어 보이는 것 같기도 하고. 말 한마디 없이 멀리서 보는 것만으로도 가슴이 뛰었으니까. 단골로 오는 그 사람은 어떤 여학생에게도 눈길을 주지 않던 독서량이 엄청난 오만한 사람이었다. 어두운 실내에서도 철학 전공의 그 사람만은 잘 보였다.

어느 날 나는 어두운 르네상스 음악실에서 영화로 문화 사랑의 장르를 갈아탔다.

〈바보들의 행진〉. 최인호 원작소설을 작가가 직접 시나리오를 쓰고, 감독은 그 시절 흔치 않은 유학파인 하길종 감독의 영화다. 정치저 암흑기인 그때 어디론가 무엇인가 탈출구가 필요했던 시절 젊은이들의 '좌절과 불안한 삶, 상실과 비애를 풍자'한 영화는 '왜 불러'와 '고래사냥의 주제가부터 가슴을 뻥 뚫어 주었다. 영화는 전하려는 메시지를 은유와 비유로 표현 한 부분이 많았다. 하지만 장발 단속, 유언비어 금지, 대학교 폐쇄 같은 금지의 벽에 갇힌 군부시절이어서 정부검열로 30분을 삭제 당했다 한다. 출연자들은 오디션을 통과한 실제 대학생이어서 전문 배우의 연기보다 오히려 더 실감이 났고 영화 대사에 나오는 미래에 대한 두려움은 큰 파도처럼 덮쳐 왔다. 영화가 준 파문은 노래와 함께 40년이 지나도 생생하다.

그 즈음 친구들과 오이지와 쌀, 꽁치 통조림이 든 짐을 들고 서울에서 10시간 정도 걸려 동해안 북평으로 갔다. 삼등열차는 입석표까지 팔아 네 사람이 번갈아 가며 자리에 앉고 창문을 열고 얼굴을 내놓아도 더워서 땀을 뻘뻘 흘리며 갔던 동해안 북평 바닷가. 모래사장에서 밤을 새웠다. 검고 맑은 하늘에 별빛이 보이자 친구들은 하나, 둘 말문을 닫았다. 꽤 오래 침묵이 흘렀고 '고래사냥을 지금껏 부른 어떤 노래보다 크게 더 크게 목이 아프도록 불렀다.

'… 술 마시고 노래하고 춤을 춰 봐도 가슴에는 하나 가득 슬픔뿐이네.

무엇을 할 것인가 둘러보아도 보이는 건 모두가 돌아앉았네…'

그때나 지금이나 청춘은 아프다고 한다. 생명이 있는

모든 것은 아픔을 이기기 위해, 아픔을 붙잡고 하루씩 지탱한다. 그러나 삼등기차를 타더라도 동해로 떠나가고 싶은 열정이 있는 한, 무엇을 할 것인가 아직 선택할 수 있는 한, 고래가 신화처럼 숨을 쉰다고 생각하는 한, 생(生)은 아직 기다림이고 희망이고 빛이다. 노마드인 방향 잃은 젊은 가슴에 방향의 길잡이 북극성 빛은 가슴 깊이 박혔다.

몸짓 언어, 피나 바우쉬

영화 〈피나〉. 내가 흘린 눈물은 사유에 갇힌 자로서 무한한 자유를 접했을 때 억제된 본능이 터진 울음이었다. 감정을 자유롭게 활짝 열어 놓고 표현하는 몸짓은 경이로웠다. 언어는 의사소통의 우수한 도구라 생각했고, 몸은 고결한 정신을 담고 있는 그릇 정도로 여겼다. 우리가 가지고 있는 육체의 감각으로 외부의 대상을 인식한다는 철학자의 이론도 받아들이기 어려웠다. 그러나 피나 바우쉬의 무용극을 보고 정신을 몸보다 우위에 두었던 생각이 바뀌었다. 그녀의 몸짓은 문학의 언어이고 미술의 색채였다.

피나 바우쉬는 춤과 연극을 결합해 새로운 형식인 무용극(탄츠테아터)을 창시하였고, 탈 장르 공연예술을 개발한 독일 무용가며 안무가다. 무용극은 철학과 문학이 깃든 안무로 무용의 정통을 벗어나 연극적인 요소를 더하여 희곡 한편을 드라마로 보여 준다.

작품의 배경 음악은 듣기만 해도 그 작품의 분위기에 휩싸인다.

피나 바우쉬는 음악을 선택할 때 아름답고 처연한 감정을 억누르며 음악을 듣고 선곡하고 나면 가슴이 찢어지는 것 같다고 한다. 온전한 느낌으로 선곡한 음악은 클래식, 팝, 록까지 다양하고 작품 주제인 고독과 단절에 절묘하게 어울린다.

피나 바우쉬의 무대 확장은 무한하다.

사랑과 갈등, 두려움이 몸짓과 무대장치에 드러난다. 무대에 물을 채우고 그 물을 거대한 바위에 계속 퍼붓는 무용수의 동작과 물이 그리는 포물선이 어우러지며 장관을 이룬다. 또한 하늘이 지붕이고 대지가 무대인 자연, 도심 길거리, 전철 안이 무대가 되고 승객이 소도구가 되는 무대의 다양한 변화가 즐겁다. 화면을 보며 그 안으로 뛰어들어 합류하고 싶다.

때로는 끈에 묶인 악어가 무대 위에서 연기자들 사이를 어기적거리고 다닌다는 『피나 바우쉬』에 쓰인 무대장치는 독특한 발상에 가슴이 시원해진다. 사각의 흰 종이에 언어로만 표현하는 문학의 한계를 벗어난 공간의 자유가 부럽다.

영화감독, 빔 벤더스는 피나 바우쉬의 공연을 보고 감동을 받아 영화 〈피나〉를 다큐멘터리로 제작하기로 하였는데, 그녀는 촬영 이틀 전 갑자기 세상을 떠났다. 중단된 영화 촬영은 그녀의 제자들에 의해 지속 되었다. 단순한 무용극단 단장 역할을 넘어 예술적 대모로 무용수들에게 최상의 춤과 내재된 연기의 가능성을 끌어낸 스승에 대한 경외심이 영화를 완성시켰다.

영화 〈피나〉는 피나 바우쉬가 말했듯이 자신이 느끼는 것을 일체의 언어를 사용하지 않고도 얼마나 힘 있고, 아름답게, 처절하게 몸으로 표현해 낼 수 있는가를 보여준다. 그녀의 안무로 표현된 몸짓은 의미 전달 최고의 수단으로 보이고, 몸의 존엄성조차 느끼게 한다. 그녀의 몸짓은 단순한 표현이 아닌 가슴의 두드림이다.

영화에 나오는 네 작품 중 「카페뮐러」가 화면에 나올 때 긴장했다. 안무의 강렬한 몸짓 화면이 계속되며 나의 개인적 경험과 무의식을 건드린다. 무질서하게 놓인 의자 사이를 눈을 감은 채 무엇인가를 갈구하듯 비틀거리며 공간을 걸어다니는 여자 무용수. 여자가 의자에 걸려 넘어질까 계속 바쁘게 의자를 치우는 남자. 방향 없는 움직임으로 눈을 감고 방안을 헤매던 여인이 벽에 탁, 탁 부딪친다. 무용수가 벽에 반복하여 부딪칠 때마다 나는 놀란다. 그 몸짓이 나의 숨어 있던 의식을 아프게 벗긴다. 무용수는 다만 앞을 보고 걷다 벽에 부딪칠 뿐인데…. 내 기억 속에 잠재되어 있던 기억의 밑바닥이 흔들린다. 나는 방향을 잃고 비틀거리며 지금, 그렇게 살고 있는 것 같아 고스란히 가슴에 통증으로 전달된다.

사람과의 관계에서 온전한 이해가 어렵다는 것을 알면서도 소통을 위한 시도를 한다. 선의와 애정을 갖고 거리감 느끼지 않고 대한 사람이 어느 날 벽이 되는 순간이 있다. 그때는 그냥 벽에 부딪칠 수밖에 없다. 사람이기 때문에 누구나에게 영원히 존재하는 거리. 지켜야 하고 넘을 수 없는 그 거리를 뛰어넘고 싶은데… 단절의 통증이다. 언어의 빈곤 때문이었을까. 진실이 부족해서였을까. 단절이 때로는 자유를 가져온다.

피나 바우쉬에게 몸 언어의 위력을 배운다. 말이 전달하지 못한 것을 진실한 몸짓은 전할 수 있다. 몸 안에 진실이 조금씩 채워지면 온몸으로 전달되는 마음이 보이는가보다.

참고 ; 『피나 바우쉬』

물빛,
바람결

– 문화 · 예술

보이지 않는다고 사라진 것은 아니다

- 아타 패러디

도덕경 7장을 겹쳐 찍은 사진

도덕경 사진작가 김아타(我他). 사진 철학자라 불리는 그에게 카메라는 '우주의 진리를 알리는 도구'이다.

'〈온-에어(On Air)〉 프로젝트'는 존재하는 모든 것은 사라진다는 명제 아래 20여 년에 걸쳐 계속 된 김아타 작업의 결산이다. 그중 '얼음의 독백' 시리즈는 파르테논 신전과 마오쩌둥, 마릴린 먼로를 얼음으로 만들고 녹아가는 과정을 보여준다.

김아타는 그리스 파르테논 신전을 1/10로 축소하여 얼음으로 만들었다. 2주일간 신전은 서서히 눈물 흘리듯 녹아내렸다. 흰 대리석의 백미를 자랑하던 신전은 녹으며 사라짐을 슬퍼하는 듯했다. 녹는 과정을 4분으로 축소한 영상을 보았다. 아름다운 도리아식 기둥 하나가 뚝 부러 졌다. 다시 옆 기둥이 쾅! 쾅! 연속으로 녹아 넘어지고 지 붕이 꿍음을 내며 내려앉았다. 화면의 작은 소리지만 놀 라 잠시 숨을 멈췄다. 2400여 년의 역사가 그 짧은 시간 에 끝이 났다. 파르테논 신전의 소멸은 유럽문명의 몰락 과 동양문명의 부흥을 알리는 상징이라는 것이 작가의 설 명이다. 개념을 사진으로 형상화한 작업이다.

또 다른 얼음의 독백시리즈 '마오의 초상'은 대형 얼음 으로 조각한 마오쩌둥의 흉상이 서서히 녹아가는 과정을 촬영한 것이다. 사회주의 권력의 우상도 시간이 지남으로 써 소멸된다는 것을 상징한다. '마오의 초상'이 다 녹은 후 그 녹은 물을 108개의 컵에 담았다. 마릴린 먼로의 얼음 조각은 녹는 모습이 그 어떤 것 보다 애처롭다. 전설적 여 배우의 모습도 눈이 파이고 코가 녹아내리자 매력적이던 모습은 추하게 변하며 사라졌다.

김아타의 사진 철학은 "이중적인 장치를 할 수 있는 게 사진이다. 사실에 가장 가깝기 때문에 사실처럼 위장 할 수 있어 완전한 허구를 만들어 사실처럼 보이게 해 그 안 에 메시지를 담는다"는 것이다.

보이는 것을 통해 보이지 않는 것을 보여주며 깊은 사 유를 하게 하는 김아타의 사진은 한 편의 철학시詩다. 그 사진 속에는 실재와 허구가 공존하고 있다.

패러디

몇 년 전 재주 많은 후배가 눈사람을 만들어 냉동실에 넣었다고 한다. 그 말이 재미있어 나는 작은 눈사람을 매해 만든다. 올해는 15cm 정도로 눈사람을 만들어 비닐 랩을 씌워 냉동실에 보관한다. 동그란 단추 눈을 가진 눈사람은 서 너 달 냉동실 문을 열 때마다 반겨준다. 날씨가 더워져 냉장고 문을 자주 여니 처음에 솜사탕 같던 눈사람의 표면에 습기가 찬다. 눈사람도 시간이 지나 피부가 늙는 것 같다. 생동감을 주었던 눈사람은 서서히 초췌해진다. 냉동실 음식이 변하지 않을 거라 생각하지만 저온에서도 음식은 변질되고 있는 것처럼. 눈사람이 변하기 시작해 버려야 한다. 몇 달이지만 함께 살아서 버린다는 말은 결코 쓰지 않는다. 떠나보낸다는 말로 바꾸어 말한다.

올해는 김아타의 〈온-에어(On Air)〉 프로젝트 방법을 모방하여 눈사람을 자연으로 복귀시키기로 한다. 녹는 과정을 사진으로 찍어 기록 한다. 세계적 사진작가의 방법을 어처구니없이 눈사람 녹는 것에 모방 하는 것이 우스웠지만, 설치할 장소를 찾는다. 장소를 찾을 때부터 마음이 설렌다. 거실 까만 조각대를 배경으로 하여 눈사람이 녹는 사진을 찍고 관찰한다.

오전 11시 40분 ; 눈사람을 꺼내 푸른색 넓은 접시에 올려놓는다.

오전 11시 45분 ; 단추로 만든 까만 눈이 녹아 떨어져 외눈박이 눈사람으로 변한다.

오후 12시 30분 ; 쓰러진 눈사람은 길고 가늘어지며 녹은 윗부분이 맑은 얼음이 된다.

오후 1시 20분 ; 11cm로 줄어든 눈사람은 자신의 몸이 녹은 물에서 서서히 녹고 있다.

오후 2시 15분 ; 눈사람이 사라진다. 눈사람이 녹은 물을 컵에 담는다.

눈사람은 완전히 사라진 게 아니고 4/5컵 정도의 물로 변한 것이다. 눈사람 속에는 검은 욕망이 배어있지 않았나 보다. 컵의 물이 생수처럼 맑다. 하늘로부터 온 눈사람은 순종을 배우고 왔는지 잎이 시든 화분에 물을 부으니 조용히 스며든다. 눈사람이 녹아 없어졌지만, 물은 남아있다. 눈사람이 사라져도 함께 만든 사람과 즐겁게 만들었던 추억의 장면은 마음에 밝고 따뜻하게 그대로 남아 있는 것처럼. 사물과 인간은 사라져도 정신은 영원히 사라지지 않고 흔적은 어떤 형태로든 남는다. 눈에 보이는 것은 사라지나 보이지 않는 것은 영원하다.

화랑 '313 아트프로젝트'에서 본 그의 전시회는 이전의 작품보다 훨씬 시간과 공간을 넘어섰다. 현재에서 기원전 4세기경의 노자까지 시간을 거슬러 올라가고 뉴욕에서부터 12개 도시를 다니며 그의 사진 실험 작업은 넓어졌다.

『도덕경』의 글자를 만 번을 찍어 겹쳐 놓은 사진이 있었다. 글자는 사라지고 아무런 형태가 없는 푸르고 노르스름한 사진 한 장만 남았다. 글자가 연기같이 사라지고 아무것도 없는 한 장의 추상화. 그것이 이천오백 여 년 넘게 수많은 철학자와 학자들이 읽은 도덕경이라니.

김아타는 "세상의 이치를 다 담고 있다는 도덕경이 솜사탕이 되었다. 나는 비로소 천근 무게의 도덕경에서 해방되었다"고 했다. 그 말을 읽고 나는 환호성을 질렀다.

김아타 전시를 보고 어떻게 글자가 사라질까 궁금했다.

도덕경을 읽으면 1장부터 이해가 어려웠던 경험이 되살아난다. '도(道)라고 할 수 있는 도는 영원한 도가 아니다'. 1장을 몇 번 읽으니 조금 이해한 듯해서 다음으로 넘어간다. 다음 날 뒷부분을 읽으려니 1장에 다시 눈이 간다. 어제의 풀이는 잔재도 남아있지 않다. 조용히 읽어도 소리 내어 읽어도, 새로 읽은 것 같이 뜻풀이는 처음으로 돌아와 있다. 계속 책에 머리를 부딪는다. 내일은? 또 모를 것이 확실하다. 그래도 끝까지 읽는다. 책을 덮으니 마지막 81장까지의 내용이 뒤섞인다.

전문적인 사진 찍기는 불가능해 내가 할 수 있는 범위에서 실험해 보았다. (위 사진)

책을 붉은 천위에 놓고 도덕경 1장부터 10장까지 각 장을 찍었다. 사진 열 장을 프린트하여 1장을 복사하고 그 위에 2장, 3장을 겹쳐 복사했다. 도덕경 10장까지의 사진을 한 장 위에 마지막 복사를 했을 때 경전의 우아하고 철학적이던 활자는 사라졌다. 마지막 10장까지 복사하고 검게 변한 종이를 손에 드니 멍한 느낌이 들었다.

한 시간 정도의 작업으로 노자의 '우주의 기본 원리인 도와 그 흐름에 따라 살아가므로 얻어지는 덕'을 암흑으로 만들다니. 처음에는 흥분하며 시작했는데 도와 덕 대신 검은 허무만 손에 들고 있었다. 여기서 멈추자 했다. 도덕경이 사라진 사진에 환호하던 나는 당황했다. 형체 없는 사진 앞에 나는 오래 서 있었다. 이렇게 사라질 수 있는 것이냐고 매달리듯 사진을 다시 뚫어지게 보았다.

그는 8시간 카메라 노출로 뉴욕을 건물만 있고 움직이는 사람과 차를 없어지게 해 도시를 텅 비게 만들었다. 김아타의 사진작업, On-Air 프로젝트의 일부분이다. 이번에는 완결편으로 '인달라'시리즈를 내놓아 수백 수만 장의 사진을 중첩해 주제가 되는 경전과 도시, 그림들을 사라지게 했다.

이번 전시에서 김아타의 인달라 시리즈에는 12개 도시를 다니며 1만 컷을 찍은 사진과 역사적인 화가의 그림을 수백 장 겹쳐 찍은 사진이 있었다.

도쿄, 뉴욕, 델리, 모스크바, 아테네…. 이 도시들은 고유의 특성을 갖고 있다. 뉴욕의 현대 문화, 아테네의 그리스 유적들, 프라하 블타바 강변에 비친 노을, 파리의 아름다운 건물과 미술품들. 도시 사진들에서는 그 어느 것도 보이지 않는다.

만 컷의 사진이 쌓인 마지막 이미지는 보이지 않는다. 하늘 부분이 조금 진하거나 밝은 차이가 있을 뿐, 12개 도시는 형체 없는 회색의 모노톤이다. 사진 아래 쓰인 도시 이름이 바뀐다 해도 사진들은 형태나 색이 거의 같아 관람객은 알 수가 없다. 12개의 똑같은 액자 속 사진에서는 깊은 침묵만 흐른다.

거리를 활보하는 행인의 웃음. 긴 여행에 지쳐 거리에 앉아 있는 관광객의 행복한 피곤. 도시의 특징을 알 수 있는 작은 흔적까지 담은 사진은 어디로 갔단 말인가. 이 모든 것은 거대한 블랙홀에 들어갔나 보다.

다른 쪽에 전시된 고흐, 모딜리아니… 개성이 강한 대가의 그림 사진도 결과물은 마찬가지다. 고흐의 그림을 한 점씩 찍어 중첩한 사진은 검은 먹을 쏟아 부은 듯 진한 청동색이다. 모딜리아니는 화면 가운데 부분이 바탕색과 다르게 흐릿하고 길게 보인다. 모딜리아니의 특징인 긴 목의 사람들을 중첩해 놓으니 긴 목은 흐리고 가는 좁은 부분으로만 나타난다. 기다림과 그리움이 사라졌다. 모딜리아니의 연인 잔느의 허망한 눈. 고흐의 해바라기와 태양, 푸른 별은 어디로 간 것일까.

보이지 않는다고 사라진 것은 아니다.

　회색 사진 그 너머를 마음으로 본다. 만장이 겹쳐져 형체 없는 사진 속에 녹아 있는 개체들은 소멸한 것이 아니고 서로에게 스며들어 남아있을 것이다.

참고;『도덕경』오강남 풀이/ RE-ATTA PART:On- Air Project/313
　　ART PROJECT
　　『물은 비에 젖지 않는다』-김아타, 「중앙경제 star& -정재숙」

한숨에 흔들리는 집

집이 있어도 몸은 떠돌고, 몸은 한곳에 있어도 본향 잃은 마음은 정착지를 찾아 떠돈다. 노마디즘의 영혼을 가진 서도호 개인전 '집 속의 집'을 보았다. 그는 가방에 천으로 만든 집을 넣어 옮겨 다니며 세계 곳곳 전시회장에 펼쳐 놓는다.

전시장 입구에 하늘거리는 은조사로 만든 실물 크기의 물위에 비친 한옥의 문은 작가의 기억을 깨우고 꿈을 전하며 매달려 있다. 가볍고 투명한 질감의 천에 기와의 무늬까지 정교하게 바느질 한 한옥이 품위 있다. 옥색, 청자

색, 분홍의 은은하고 신비한 색에서 한옥의 도도한 세련미가 풍긴다. 한 올 매듭까지 섬세한 집들은 난향기가 배어있는 듯하고 아련한 환상 같은 한옥은 깊고 조용하여 발걸음 소리조차 미안하다.

서도호의 독특한 작품세계는 한국, 미국, 유럽을 나누어 살면서 맺은 많은 인연과 공간과의 관계에서 이루어진다. 옮겨 다니는 집의 발상은 작가가 고향을 떠나 타국생활을 하며 불편했던 경험이 근원이라 한다. 또 하나 즐거운 상상은 미국과 한국을 긴 시간 비행기로 오가는 대신 태평양에 다리를 놓고, 다리 중간지점에 집을 짓는 것이다. 바다 위의 집. 상상을 작품화 하는 작가만의 자유가 깃든 완벽한 집이다.

그의 전시는 한옥과 외국의 집을 함께 전시하여 동·서양 문화를 손잡게 하고 자신과 타인, 정신과 물질세계를 이어준다. 떠나고 머물며 다시 시작해야 하는 여정 가운데 자아는 풍성해졌고, 그 결실인 옮겨 다니는 집은 '글로벌시대 노마드적 삶의 아이콘'이 되고 있다.

「신기루 같은 집… 세상 짓는 노마드 건설자」란 기사 제목이 서도호의 한옥 위에 오버랩 되어 가슴에 울림을 준다. 도시 사막의 콘크리트에 몸을 담고 있는 정착민에게 그의 집들은 신기루일지도 모른다. 사진은 찍을 수 있고 집 속을 잠시 거닐게도 하지만, 절대로 집을 만지면 안 되는 것이 미술관 규칙이다. 눈으로만 볼 수 있는 집. 후

~ 불어본다. 한숨의 입김으로도 흔들리는 집, 하늘거리는 집 안을 걸으니 고단한 마음이 물 위에 비친 집처럼 흔들린다. 마음 한쪽 내려놓을 곳이 없어서인가.

내게 만질 수는 없지만, 기억 속에 굳건히 서 있는 집이 있다. 그 집은 시간의 다리를 건너 사막 같은 마음에 비를 내려 준다. 회색빛 콘크리트 집에서 먼 산의 초록이 보이면 살던 집이 떠오르고, 폴라로이드 카메라처럼 흐린 기억은 서서히 뚜렷한 상으로 바뀐다. 그 집안에 있던 사람과 이야기가 더해져 집은 풍경으로 살아난다. 30여 년이 지나 오래전 문패가 바뀌었을 그 집을 나는 아직도 '우리 집'이라 부른다. 떠난 후 새로 이사 온 어떤 사람도, 그 집을 우리 집이라 불렀겠지.

내 팔뚝보다 크고 굵은 빗장이 열리기를 기다리는 동안 연필로 대문에 '우리 집'이라 낙서를 했다. 마당에는 땅따먹기놀이를 했던 비뚤어진 원이 있고 꽃밭에는 한련화, 홍초가 피어 있었다. 콩기름 먹인 장판에는 비릿한 자연의 냄새가 배어 있고, 가을에 창호지를 새로 바르느라 분주함이 끝날 즈음 문손잡이에 작고 빨간 단풍잎을 덧바르는 일은 흰 창호지에 찍는 화룡점정이다. 마당에서 대청마루 앞까지 올린 수세미에 가을 달빛이 비치면 마당은 거대한 동양화가 된다.

뒤뜰에 있는 셰퍼드, 럭키의 밥그릇에 물을 채워주면

내 키보다 높이 뛰며 좋아했고. 6·25 전시에 피난처로 사용되었다는 지하실은 어린 우리들의 연극놀이터로 안성맞춤이어서, 낮에도 어둑하고 서늘한 지하실에 들어가 애거사 크리스티의 추리소설을 서툴게 흉내 냈다. 20여 년 살던 한옥의 기억은 지금까지 본 가장 큰 풍경화다.

서도호가 '서울집/서울집'을 10여 년 걸려 제작한 마음을 읽을 수 있을 것 같다. 한 사람은 참으로 많은 인연으로 구성된다. 지금의 나 또한 주위 사람과 소유했던 사물, 환경의 크고 작은 인연으로 만들어진 카르마의 집합체이다. 그동안 살았던 집은 단순한 장소가 아니라 자아 형성의 한 부분을 차지하고 있다. 그리고 그곳에 사는 사람들의 마음과 기억을 짓는다.

시간의 흔적과 함께 내가 살던 집이 있던 곳은 '어떤 장소(a place)가 아닌 그 장소(the place)'이다. 기억의 끝에는 따뜻하게 말을 걸어오는 그 장소의 집이 있다.

창문이 건네는 이야기

책상 위로 오랜만에 밝고 따스한 봄볕이 스며든다. 창
문을 열어 봄을 맞는다. 건너편 아파트가 눈에 들어온다.
그러나 그곳에 봄은 보이지 않고 네모난 콘크리트만 연속
으로 보인다. 사각의 똑같이 어둡고 완강한 창들에서 같
은 각도로 팔을 올리고 행진하는 나치 군대의 모습이 스
친다. 건물 안에는 분명 똑같은 사람이 한 사람도 없는데
왜 창은 모두 같아야 할까. 베란다 밖에는 화분 하나 없이
콘크리트 덩어리다. 회색의 절망이다.

몇 년 전 빈에서 석 달을 머무는 동안, 집에서 가까운 훈데르트바서 하우스의 모양이 각각 다른 창문을 떠올렸다. 얼마나 부러워하며 목이 아프도록 창문을 쳐다보았는지. 그 창문 안에 사는 사람을 만나고 싶었다.

미술가이며 건축가인 훈데르트바서는 건물에서 '창문권'을 주장한다. 창문마다 다른 사람이 살고 있음을 보여주고 자신의 창문을 에워싼 공간만큼은 스스로 꾸밀 수 있는 권리가 있어야 한다는 것이다. 창틀 위에 그려진 작은 사다리꼴 모양은 왕관 같아 자연과 창조에 순응하며 사는 당신이 왕이라고, 왕관 하나씩을 그려 넣은 것 같다.

훈데르트바서는 직선의 획일적인 건물을 보면 불행해지고 모두 감옥에 갇혀 있는 듯해 너무 끔찍해서 자신마저 싫어진다고 했다. 세상에 어느 것도 똑같은 것이 없다고 주장하는 그는 볼 때마다 아름다움이 느껴지는 건축을 꿈꾸었다. 훈데르트바서의 스승은 자연이고 생각의 원천은 자연에서 흘러 나왔다. '신은 직선을 만들지 않았다'며 직선을 인간성의 상실이라고 한 그의 자연주의는 '백(Hundert 훈데르트)의 물(Wasser 바서)'이라는 이름에서도 드러난다.

그의 건축에서 물은 순한 시냇물처럼 흘러 그 안에 손을 정하게 씻고 편안히 몸을 담고 싶게 한다. 그림에서는 거친 강물이 되어 삶의 소용돌이를 일으키기도 한다.

사람에 대한 배려와 세상을 보는 따뜻한 시선을 느끼게

하는 건물의 지붕과 창, 바닥, 기둥을 창조의 원형인 곡선으로 만들었다. 이런 예술관을 건축으로 옮긴 곳이 훈데르트바서 하우스다.

훈데르트바서 하우스에서는 바람이 살고 흙은 숨 쉰다. 옥상에 나무를 심고 층의 중간 공간에 둔 나무는 햇빛을 따라 건물 밖으로 뻗어 있다. 건물과 자연이 어우러진다.

그의 건축물을 보고 있으면 영악하지 않고 동화적이고 목가적인 마음이 된다. 평화란 물감으로 마음이 칠해진다. 원색을 가로로 넓게 풀어놓은 듯한 벽과 창문은 어린 시절 가졌던 수채화 물감이 담긴 팔레트 같다. 훈데르트바서의 창문 가장자리는 벽 색과 하모니를 이룬다. 오렌지색 벽에는 파랑으로 칠하고 보라색 벽에는 빨간 테두리로 시선을 끈다. 색이 꿈을 꾸게 한다.

크기가 다르고 색이 다른 창문은 저마다 한 가지씩 이야기를 품고 있는 듯하다. 작고 큰 크기들은 서로 머리를 맞대고 대화하며 색들은 서로 몸을 비벼댄다. 창문마다 다른 서정이 흐르고 서사가 살아있다. 창문을 열고 누구라도 얘기를 시작하면 깨끗한 수필 한 편, 절창의 시 한 편 읊을 것 같다. 그 창문 안에 있는 사람들의 깊고, 얕은, 진하고, 흐린 살아 있는 숨결이 전해진다.

건너편 창밖에 서서 창 안쪽에 있을 곡선의 삶을 동경하는 나. 다양한 창을 바라보고 있으면 자유로운 공기가 조금씩 다가온다. 열린 공간에 서서 하늘에서 주는 대로

빛을 받으며 닫힌 마음은 치유를 받는다. 심연에 있던 획일적인 네모가 수십 개의 다양한 곡선과 색으로 입혀지고 살아남을 본다.

자연에 직선은 없다. 자연의 일부가 된다는 것은 폐쇄되어 있지 않고 열려 있는 곡선이어야 한다. 꽃잎의 둥근 곡선, 잎새의 예민한 곡선, 구릉의 겸손한 곡선, 눈물 흘리는 마음의 곡선, 그리고 무엇이든 안아주는 팔도 곡선이다.

회색 일색인 우리 아파트 벽. 건너 건물에서 보면 작은 초록이 한 점이라도 보이라고, 먼지 쌓이고 비어 있던 베란다 화분대에 시클라멘 화분 하나 조용히 내다 놓는다.

이타미 준의 물빛, 바람결

경계를 넘는다는 것은 자신의 일부를 버리는 것이다. 익숙한 장소, 정든 사람들을 떠나 낯선 곳을 찾아 정착해도 떠난 곳이 그리워진다. 고향과 정착지가 나뉜 경계인의 그리움이 예술에 승화되어 고운 물빛과 바람결을 만든다.

긴 시간 재일교포라는 멍에를 지니고 살았던 건축가 이타미 준. 도쿄에서 태어나 파리에서 먼저 인정을 받았던 한국 이름 유동룡. 한국을 그리워해 이 땅에 자신을 닮은 건축을 남기고 사(死) 후에 일본에 있던 아틀리에를 그대로 옮겨와 영구 귀국을 하여 과천 현대미술관에서 회고전을 열었다. 그의 건축에서 쓸쓸함과 고요함이 느껴지는 건 자라온 환경 때문인가 보다.

이타미 준은 그의 건축물인 제주도의 물, 바람, 돌, 미술관이 '전 세계 어디에도 없는 새로운 의미의 제3 미술관'이라고 한다. 그의 예술의 목적인, 감상자들에게 이전에는 본 적이 없는 아름다움을 발견하게 하는 것, 그 곳이 예술을 완성하는 곳이다.

그립고 머물고 싶었던 고국 풍경을 보며 말을 잃고 오래 바라보았다. 그의 에세이 『돌과 바람이 있는 소리』에서 '멀리 낮고 빛나는 나무 사이로 바람이 옮겨간다. 들풀 위에서 집들의 지붕이 춤춘다. 낮의 흰빛 속에서 나는 마냥 서 있었다'라고 풍경을 읊었다. 그는 바위 사이에서 새가 날아오르고 돌 틈에 핀 여린 생명이 경이로워, 깊은 눈으로 본 풍경은 한 편의 시가 되어 건축으로 옮겨졌다.

제주도 '물 미술관'은 건축으로 쓴 절창의 시 한 편이다.

물 미술관

'물 미술관'에 들어서며 물에 관한 그림이나 예술작품이

전시되어 있으려니 했던 추측은 여지없이 무너졌다. 그 충격이 오히려 즐거웠다.

'물 미술관'은 둥글게 열린 지붕과 작은 연못만한 공간에 물이 있고 자갈이 깔려있다. 열린 지붕을 통해 하늘이 물 위에 담겨있다. 전시물은 자연 그대로인 물, 하늘, 햇빛. 구름이다. 햇빛의 각도에 따라 변하는 물 위의 그림은 무한하다. 비 오는 날은 빗방울이 물 위에 떨어지며 별모양을 만든다.

한눈에 들어오는 얕은 물은 우리나라 산천의 시냇물이 다 모여 있는 듯 넓게 느껴진다. 물에 비친 하늘과 구름을 한줌 잡으면 건질 수 있을 것 같다. 물 미술관은 하늘에서 뚝 떨어진 바다 섬 같다. 지붕이 열린 미술관에서 빛과 하늘을 보면 닫힌 마음이 열린다.

하늘이 비친 섬세하게 흔들리는 물, 그 밑에 깔린 자갈을 보며 내 마음속 깊이 박혀 있던 돌을 하나씩 내려놓는다. 억제되어 있던 마음의 응어리는 물속에서 한 마리 물고기가 되어 자유롭게 유영한다. 얕은 물이 깊게 보여 마음을 풀어 놓으니 한 뼘 물의 깊이가 자꾸 깊어진다.

둥근 원형에 담겨 있는 물은 천 개의 작품을 담아 놓은 듯, 한 순간도 같은 모습이 없다. 물을 만든 창조주의 손과 건축가의 손이 만난 최상의 공간이다. 물속에서 뿜어져 나오는 새로운 공기를 마음껏 들여 마신다. 온전한 평화가 찾아온다. 오랜만에 갖는 깊은 쉼이다.

가까이 있는 바람 미술관으로 걸어가는 동안 '건축은 자연 속에서 인간의 더 나은 삶을 위해 바치는 또 다른 자연'이란 이타미 준의 말을 확인한다.

바람 미술관

바람을 전시하다니. 발걸음을 서둔다.

밖에서 보면 평야에 있는 나무판자로 된 집일 뿐이다. 텅 비어있다. 정면에 돌로 만든 양이 두 마리 있을 뿐 아무것도 없다. 바람은 어디에 있을까. 건물 한가운데 선다.

잠시 후 바람은 사방에서 부드럽게 몸에 감겨왔다. 예민하고 섬세하게 몸을 감싸주는 바람의 맨살을 느낀다.

지금껏 바람을 느끼려 하지 않고 보려 했나 보다. 미술관 가운데 조용히 서서 눈을 감는다. '이 바람 속에는 모든 게 다 들어 있다. 부드럽고, 따듯하고, 모처럼 맑은' 정현종의 시가 들린다.

바람의 실체를 만난다. 이곳에서 맞는 바람은 모든 바람의 종류가 섞여 있는 듯 다양하다. 바람은 조용하고 부드러운데도 폭풍 치는 바닷가 보다 더 세차게 마음을 흔든다. 나무판자 사이사이 빛과 함께 들어오는 바람은 땅 냄새, 풀 향기, 먼 바다 냄새까지 품고 들어온다.

지붕을 휘어지게 지어 바람을 더 많이 끌어들인 바람 미술관 벽은 나무판자 사이로 바람이 드나든다. 이곳에서 맞는 바람은 시간과 공간, 인간과 자연이 섞여있다. 모습이 다양하다. 공간 전체가 비어있어 어떤 바람도 자유롭게 드나든다.

바람 미술관은 가슴을 닮았다.

비어있기에 어느 것도 포용할 수 있는 여유. 나무판자로 된 벽은 안과 밖을 단절시키는 게 아니고, 사이사이 밖이 보이게 지어 풍경을 안으로 초대했다. 소통의 미학이다. 이곳은 바람을 어떻게 느끼라고 하지 않는다. 오가는 바람을 그냥 그때의 상태로 맞으라고 한다. 폭풍의 언덕이기도 하고 낙엽이 날리는 소리 같기도 하고.

이곳에 오면 기다림이 풀어진다. 속 깊이 숨었던 이야기, 먼 곳의 이야기들이.

이타미 준의 어머니가 아들에게 해 준 말. '풍경은 산과 하늘과 그리고 땅이 있기에 가능하다. 돌의 아름다움도 강과 물, 돌과 이끼가 있어 아름다운 것이지. 그 중에 하나만 없어도 제 아름다움을 다 드러낼 수 없는 거야.' 이 말을 가슴에 새긴 이타미 준은 거대한 바위와 작은 이끼 한 조각까지 자신의 건축 안에서 어우러지게 만들었다.

바람 미술관은 또 하나의 풍경을 만들며 자연 속에 서 있다. 그냥 그렇게 바람처럼.

안도 다다오, 물위의 십자가

　일곱 살 즈음, 가족과 물놀이를 가기로 한 날, 나룻배를 타기로 했다. 집을 떠날 때부터 마음이 들떠 준비를 하고 타야 할 배 가까이 왔을 때 나는 뛰기 시작했다. 서너 걸음 뒤에서 어른들이 뱃삯을 지불하느라 지체하는 사이 한 발을 뱃전에 올려놓자, 작은 나룻배는 스르르 밀리며 움직였다. 한발은 아직 육지에 있는데…. 나는 배로도 육지로도 가지 못하고 쩔쩔맸다. 다리가 체조선수처럼 벌어져 물에 빠지려는 순간 큰소리로 울음을 터트렸다. 그때 뱃머리에 있던 사공이 손을 잡아 옮겨주었다. 빠질 것 같은 두려움으로 내려다보았던 물색은 푸른 강물이 아닌 검은 어둠이었다.

안도 다다오의 건축 '물의 교회' 사진을 보고 오래전부터 그곳에 가고 싶었다. 빈약한 머리로 사진만 보고는 물 위에 있는 십자가와 교회 건물을 상상하기 어려웠다. 우리나라에 몇 군데 있는 안도 다다오의 건축을 보고 '물의 교회'를 가야 할 버킷 리스트에 올려놓았다. 올여름 홋카이도에 있는 물의 교회를 찾았다. 여름에는 한 시간씩 하루두 번만 개방되는 시간에 맞추려고 여행 일정을 조정했다. 골프장이 있는 그곳은 봄 여름에는 골퍼들로 붐비는 곳이지만, 호젓한 곳에 있는 물의 교회는 숨은 보석 같아 겉으로는 쉽게 자태를 찾을 수 없다.

세계적 건축가 안도 다다오 건축의 특징은 노출 콘크리트다. 노출 콘크리트의 메마른 듯한 정감은 단순한 절제 뒤에 침묵으로 이야기를 건넨다. 단순함에서 느껴지는 완전함. 건축의 절정이다. '안도 다다오의 건축에는 하늘이 중요한 역할을 한다. 하늘이 노래하기 시작할 때 대지 전체에 노래가 흐른다'. 어릴 때 살던 집이 너무 추워서 집에서 바람이 보인다고 했다는 그 기억이 건축에 옮겨졌는지, 물의 교회로 인도하는 길에선 바람 소리, 물소리가 어느 곳 보다 세밀하게 들린다.

자연과 어우러지는 그의 건축을 음미하며 두 사람이 걸으면 알맞은 흙길을 관광객의 소란함을 뒤로하고 물의 교회로 향한다. 건물은 L자형 벽이 가로 막고 있어 호수는 보이지 않다가 벽의 끝쯤에서 수면이 보인다. 안도 다다오의 낯익은 콘크리트 골조가 보이자 마음이 설레기 시작한다. 얼핏 보면 기둥이 엇갈린 듯 보이나 자세히 보면 네 개의 십자가가 사선으로 마주 보고 있다.

마음이 급해져 안으로 들어가고 싶었으나 계단을 내려가는 길은 잠시 순례자가 되라고 요구하는가. 내려가는 계단은 곧지 않고 마음만 급해 자꾸 발을 헛딛는다. 좁은 계단을 방향을 바꾸며 몇 차례 내려간다. 마지막 계단에서 내려서자 마침내 시야 가득 호수가 펼쳐진다.

호수와 교회 앞면의 공간이 엄청나게 큰 유리문으로 경계 지어있다. 마이크에서 안도 다다오에 관한 설명이 나오며 천장에 안내 글씨가 비친다. 익숙한 찬양이 나오며 붙박이 같던 유리문이 조금씩 열린다. 거대한 유리벽이 움직인다. 숨이 멎을 듯한 풍경이다. 장엄하다. 호수와 교회사이 놓였던 유리벽이 없어지자 호수는 교회와 합일된다. 맑고 찬 바깥 공기가 교회로 쏴아 들어오며 가슴이 활짝 열린다.

그리고 그리던 십자가가 온전히 보인다. 자작나무 섞인 자연 풍광 속, 인공 호수 가운데 물에 심기어진 십자가. 선명한 무지개가 머리위에 갑자기 뜨면 이런 느낌 일까. 몸이 바닥에 얼어붙은 것처럼 꼼짝을 않고 조용히 한참을 보았다. 그 십자가는 어떤 이야기라도 들어주고 누구라도 품어서 허물어진 마음을 일으켜 세워 줄 것 같이 서있다. 호수의 물이 바람결에 흔들려 잔물결을 만든다. 방황으로 흔들리는 생각들을 바람에 실어 십자가로 보낸다. 가슴속 깊은 곳 잠겨 있던 얘기를 풀어 놓는다.

그의 건축이 물과 결합하면 콘크리트의 단단함이 부드러운 생명으로 풀어져서인지, 노출 콘크리트의 회색이 주는 이미지 때문인지, 들어설 때부터 차올랐던 슬픔이 왈칵 눈물로 쏟아진다. 세례를 받던 날, 머리 위에 부어지는 물이 얼굴로 흘러내릴 때 한없이 눈물이 났던 기억이 난다. 자연의 물과 내 몸에서 나오는 눈물이 섞이며 물은 더 이상 어릴 때 두려웠던 어둠이 아니다. 빛을 향해 옮겨진다. 끝없는 방황, 상처 받았던 일, 용서 못했던 돌 같은 마음이 녹는다.

골고다 십자가는 다시 내 손을 잡아 주었다.

경계가 무너진 곳에 탄생하는 것은

수필의 경계를 넘기 위해 전시를 보고 영화를 보며 조금씩 월담한다. 그러나 그 노력은 줄넘기 할 때 줄을 살짝살짝 넘는 듯한 느낌뿐, 깊이 들어가지 못한다. 땅에서 발을 조금 뗄 뿐 같은 자리를 뛰는 것 같다. 그도 어려워 매번 헉헉거린다. 강을 건너 산을 하나 넘어야 하는데, 어떻게 문학과 과학이 만나고 장르는 함께 모여야 하는지 찾아가는 길이 멀다.

경계를 넘은 현장에서 길 하나를 찾는다. 두 전시를 통해 수학이 예술과 얼마나 가까운지, 예술이 시대를 초월하고 동서가 합해지면 어떤 분위기가 나오는가를 본다.

퓨전, 융합, 실험… 수필에 많은 변화를 시도했던 단어 중 집결된 한 단어를 만난다.

교감交感

학창시절 가장 어려운 과목은 수학이었다. 지금도 가끔 꿈에서 못 풀어 쩔쩔매는 문제가 있다. '부산에 사는 영희는 시속 80km 버스를 타고 12시에 떠났고, 서울에 사는 철수는 시속 40km 가는 자전거를 타고 떠났다. 이 두 사람이 만나는 시각은 몇 시인가.' 방정식으로 풀어야 하는 이 문제를 보며 나는 수학문제를 풀 생각은 않고 상상 속으로 빠진다. 문제를 끝까지 읽기도 전, 이 두 사람은 왜 만나야 하나, 어떤 사이인가. 만날 때 어떤 표정으로 인사를 할까? 내가 이런 상상을 할 때 수학 선생님은 칠판에 가득 수식을 쓰고 답을 적어 놓았다. 아직도 정답을 구하는 방법을 모른다.

「매트릭스; 수학_순수에의 동경」. 수학에 관한 전시가 분명한데 전시 제목이 주는 문학적인 분위기가 나를 국립현대미술관으로 이끌었다. 수학은 미술로 영화로 관객에게 다가온다.

올해 우리나라에서 열린 세계수학자대회에 참석했던 수학자는 수학은 독창적이고 불확실한 세상에서 '창의적인 도구'라 했다. 창의적 도구란 말을 마음에 새기며 벽면 전체가 기호와 수식으로만 그린 벽을 걷는다. 벽화 위에 그려진 거대한 포물선 끝을 따라간다. 문자가 아닌 수식과 기호를 하나씩 읽으며 걷는 느낌은 새롭게 디자인 된 불편한 옷을 입고 나들이하는 기분이다. 그러나 분명 문자가 아닌 기호와 숫자의 세계는 새로운 경험과 에너지를 준다.

'리움 개관 10주년 기념전' 주제어는 교감이다. 시대교감, 동서교감, 관객교감으로 구분하여 기획한 전시는 예술이 서로 소통하고 만났을 때 일어나는 미美의 시너지 효과를 보여준다.

'시대교감' 표제의 전시실에는 우리나라 고미술품과 설치미술가 서도호의 1.5㎝ 사람으로 우리나라 지도를 꽉 채운 작품이 오랜 친구인 양 어우러져 있다. 서양 현대미술과 불교미술이 만나 전하는 메시지는 또 하나의 '창조적 해석'이다. 시간의 도도한 물결도 그곳에서는 한 덩어리로 천여 년 시·공간을 넘어 한 곳에서 손잡고 어우러지고 있다.

'동서교감' 전시실은 한국미술이 세계미술과 교감하는 자리이다. 동양의 정서와 서양의 철학이 만나 어우러지고 '지역과 장르 간의 경계와 중심이 해체' 되는 현장을 볼 수 있다. 베르사유 궁 초대 전시로 세계의 눈을 집중시킨 이

우환 작품은 단순함에서 나오는 초월적 힘으로 주위를 압도하고 있다. 한국의 미술가들이 세계 미술계에 발돋움하는 현장을 본다.

설치물에서 향기가 나게 만들고 백 개의 메트로놈을 자유롭게 펼쳐놓아 관객이 앞에 놓인 메트로놈에 태엽을 감고, 동시에 움직이게 하자 전시장에서는 작은 교향악이 펼쳐진다. 빠르게 느리게 좀 더 빠르게… 관객이 작가와 함께 작품을 완성하는 '관객교감'의 장場이다.

두 전시에서 수필의 표제어를 만난다.

'교감'이란 전시 주제어 아래 있는 또 하나의 주제어 Beyond, 명사가 아닌 전치사다. 앞과 뒤 어떤 명사도 올 수 있는 그곳에 수필을 놓는다.

Beyond, 수필의 배에서 닻줄을 끊고 자유로운 바람에 키를 맡긴다. 그리고 내가 서 있는 곳만의 얘기가 아닌 배가 닿는 곳마다 보이는 풍경을 전하며 미래를 상상의 힘으로 그려내고 판타지를 만드는 그곳, 수필이 있는 곳이다.

내 주변에 있는 평범한 물건과 그들이 건네는 얘기, 주변에 있는 사람들과 나 사이의 따스한 눈길, 책장이 넘어가며 일으키는 미세한 공기의 움직임, 마주앉은 사람과의 거리, 이들의 사이, 떠두는 보이지 않는 얘기가 있는 곳.

'Beyond and Between' 그곳에 수필이 살아있다.

에세이 모노드라마

백지는 텅 빈 무대다.

작가는 종이 위에서 연출자이고 모노드라마의 배우이다. 백지 위의 공연은 몇 백 회를 넘어도 막이 올라가면 심장이 멎는 듯하다. 배우는 관객의 마음을 피땀 흘리는 연기 하나로 사로 잡아야한다. 객석의 불이 꺼지고 무대에 밝은 조명이 켜지면 순간, 배우는 앞이 보이지 않고, 오직 자신만을 응시하는 무서우리만치 냉정한 관객의 시선을 온몸으로 느낀다.

절대고독의 순간이다.

백지 위의 첫줄, 호흡을 맞출 상대역도 연출도 없는 무대에서 첫 동작을 시작한다. 비어있는 백지는 거대한 강이고 하나의 문자는 작고 작은 돛도 없는 조각배다. 상처 난 손으로 힘없는 노를 저어 거센 강의 물살을 헤쳐 가야한다. 물살에 잡혀 강의 심연으로 가라앉을 것 같은 두려움에 사로잡힌다. 모노드라마의 배우가 된 것은 삶의 핵을 가슴에 안고 뜨겁게 살고 싶은 욕망의 단죄 때문인지도 모른다. 아니면 자신을 확인하려는 가장 독한 방법으로 원고지의 칸을 메우는 길을 택한 것인지도. 그도 아니면 영원히 해갈되지 않는 그리움을 품고 살기 때문일 게다.

얼음 무대 위에서 갈등과 고뇌로 점철된 대사를 읊조리는 햄릿을 보았다. 러시아 극단의 '햄릿' 공연은, 햄릿의 고뇌를 얼음으로 만든 무대장치로 표현했다. 햄릿의 머리 위에는 수정 대신 얼음을 쪼아 조각으로 만든 샹들리에를 걸어 놓았다. 조명을 받은 얼음이 햄릿의 머리위로 뚝뚝 녹아떨어지고 고뇌하는 햄릿의 얼굴에 얼음 눈물이 흘렀다. 맨발로 서 있는 발은 시린 단계를 지나 아픔을 느끼는 듯, 한 발씩 들고 고통을 참고 있었다. 대사는 알아듣지 못해도 배우의 몸짓과 무대 연출은 어느 공연보다 햄릿의 고뇌가 잘 전달되었다. 머리와 발에 냉기와 아픔을 참으며 혼신의 힘을 다해 연기하는 배우와, 참을 수 없는 고뇌를 얼음으로 표현한 연출자의 감각을 보며 예술의 팽팽한 엑스터시를 느꼈다. 예술의 사명은 관객과 독자의 가슴에 파문을 일으켜야하는데…. 나의 모습을 살핀다.

수필의 무대 위

나도 이제 백지의 무대에 나갈 시간이다. 객석 구석에 앉아 자신을 응시한다.

무대 의상은 정결한 손과 피 흘리는 가슴이다. 손을 씻는다. 하얀 비누 거품으로 두 손을 오래도록 비빈다. 물을 될수록 세게 틀고 물방울이 튀는 것을 본다. 물이 살아 움직이고 이야기를 쏟아 내는 듯하다. 세상과 나의 이야기, 그 소리를 들어야한다. 더 잘 듣기 위해 귀를 얼얼할 때까지 후빈다. 다음 의식은 조금씩 정성스럽게 손톱을 깎는다. 너무 짧게 깎아 아픈 손가락에 밴드를 감는다. 글 무대에 오르기 전, 의식을 끝낸다.

나를 발견하고 타인에게 다가가려는 동작을 시작한다. 기억의 창고를 열고 가슴의 상흔들을 꺼내 살펴보니 모두가 남루하고 빈한하다. 길거리에 내놓은 비 맞은 이삿짐 같다.

초조한 마음으로 책을 읽기 시작한다. 참고해야 할 부분이 들어 있는 책을 찾는다. 한 권, 두 권, 여기저기서 뽑아낸 책이 십 여 권 주위에 쌓인다. 찾던 부분을 잊고, 쓰고자 하는 방향을 잃는다. 책 속의 언어들이 머릿속에서 얽힌다. 기진한 신경을 위로 받고 순화와 안정이 필요해, 볼륨을 마음껏 높이어 음악을 듣는다. 음표들이 춤을 추며 뇌속 신경을 살며시 감싼다. 멜로디의 울림이 온몸에 전해지며 얼음 발판에 서 있는 것 같은 고통이 조금은 완화된다. 고통의 무풍지대다.

흰 종이의 무대에서 대사를 다시 시작한다.

발음은 정확하게, 관객에게 감정 전달이 잘 되게, 연기는 과장하지 않고 표정이 자연스럽게. 무대 위의 계율을 머리에 넣어 둔 채 목이 쉬도록 연습을 했는데 실제 공연에서는 서툰 목소리와 몸짓이 나온다. 그러나 무대에 오르면 쓰러지더라도 연극은 계속 해야한다. 배우의 어떤 사정도 관객은 눈감아 주지 않는다. 부모의 상을 당해도 희곡에서 웃어야 하는 장면이면 커다랗게 웃어야 하는 게 배우의 숙명이다.

지우고 몇 번씩 고쳐 써도 단어들은 서로 화합하지 않고 부딪치고 밀어낸다. 문장은 떠오르지 않고 구성도 거칠어 자주 멈추게 되지만, 약속된 분량은 채워져야 한다. 거짓된 포장이 통하지 않는 게 인쇄된 작품이라는 생각을 하면 온몸에서 진액이 나온다. 투쟁의 몸부림이 끝나고 마지막 문장에 마침표를 찍는다. 컴퓨터 구석에 자리한 X표를 눌러 출구로 빠져나온다.

객석의 불이 켜지고 막이 내린다.

그러나 박수 소리는 들리지 않는다.

바흐의 울림

최근 신선한 시도를 담은 CD 한 장을 발견했다.

바흐의 '무반주 첼로모음곡'을 야수아끼 시미주가 악기를 색소폰으로 바꾸어서 연주한다. 장소도 다른 세 곳에서 옮겨 다니며 연주하여 음의 차이를 느끼게 해준다. 그의 색소폰 소리는 바흐의 현악곡을 금관악기로 바꾸어 연주하여 저음의 분위기에서 고음으로 바꾸어 새로운 바흐를 만나게 해 준다. 시도가 과감하다. 모음곡 1번은 개조된 창고에서, 2번은 지하 채석장에서, 3번은 오페라 하우스에서 녹음한 실험 정신은 더욱 파격적이다.

선문답 같다는 바흐의 음악. 단순하면서도 들을수록 진실이 느껴지는 선율을 따라 장소마다 다른 소리에 귀를 기울인다.

모음곡 1번은 버려진 창고에서 녹음했다.

음이 벽에 부딪혀 다시 되돌아 나오고 여음이 새로운 음과 어울려 화음을 만든다. 영상의 잔영을 보는 듯하다. 떨림이 깊고 낮은 음이 살아있는 듯 들린다. 화음이 길게 느껴지고 색소폰의 고음은 허공을 떠돈다. 음악의 분위기는 흐린 날, 멀리서 본 헤어진 연인의 뒷모습 같다.

　음표들은 창고가 주는 공간 속으로 날아다니며 반갑게 만나고, 손을 흔들며 인사한다. 하나, 둘, 떠다니는 비눗방울이 모여 오색의 화음을 만드는 듯하다. 색소폰의 한 음은 외로움의 조각이 되고, 높은 음 하나는 찢긴 편지의 조각이 되어 흰나비처럼 공간을 헤맨다.

　음악은 빛이 되어 어둡던 창고의 빈 구석들을 소리로 깨어나게 한다. 무생명의 공간은 생명을 맞아들인다. 버려진 창고는 숨결로 채워진 듯하다. 무채색의 공간은 음악이 주고받는 소리로 꽉 차서 마치 연인이 대화를 나누는 것처럼 들린다. 주고받는 고저의 음은 그들의 사랑과 고뇌, 슬픔을 얘기하는 듯하다. 인간의 소리를 듣게 한다.

　모음곡 2번은 지하 채석장에서 만났다.

　마음에 깊은 파장을 주는 소리다. 색소폰 소리는 고향을 찾은 듯 깊고, 음은 멀리 퍼져 되돌아오지를 않는다. 자연 속에 순화된 음악은, 돌들을 따뜻하게 감싸주며 온기를 전해준다. 돌 속을 통과하여 지하로 내려가는 화음은, 에우리디케를 부르는 오르페우스의 노래처럼 하데스 신의 마음도 흔들어 놓을 듯하다. 음의 어울림과 함께 악기를 들고 지하로 한 발씩 내려가는 연주가의 발걸음 소리도 들리는 듯하다. 집을 등진 나그네의 긴 그림자 같은 그늘이 느껴진다.

색소폰을 들고 이 곳, 저 곳을 헤매다 지하 채석장까지 간 연주가는 자신의 음악에 대한 열정을 확인한 순간, 번민에 찬 회의가 함께 하는 듯하다. 슬픔이 흐르는 듯 연주한다. 주위의 돌들을 보며 대자연 앞에서 예술혼의 빈약함을 느꼈는지 색소폰은 흐느끼며 떨고 있다. 입으로는 색소폰을 통해 예술의 고뇌를 높고, 낮게 불고 있지만, 야수아기 시미주 눈은 어쩌면 음악이 주는 한계와 올라가도 보이지 않는 예술의 정점에 이르지 못해 눈물이 고여 있을 것 같다. 떠나보낸 음들은 돌 속에 스며들어 손끝이 피가 나게 파도 보이지 않을 것이니까. 채석장에서 들리는 바흐가 '예술은 영원한 미완성'이라고 슬픔의 소리를 전한다.

오페라 하우스에서 녹음한 모음곡 3번의 음들은 화려하다.

완벽한 소리의 재현을 만난 듯하다. 음들은 물방울처럼 하나씩 떠다니다가, 서로 만나 커다란 구름을 만든다. 저음과 고음이 차별 없이 조화를 이룬다. 온실 속 꽃처럼 빛깔은 화려한데 깊은 향기가 없다. 삶의 진한 맛을 모르는 사람들의 파티 같다. 화음들은 푸르고 깨끗한 실내 풀장을 기분 좋게 유영하듯 매끄럽게 흐른다.

부딪치지 않고, 사라지지 않은 소리들은 저마다 자신의 갈 곳을 알고, 제 자리를 찾는다. 멜로디는 인공의 기술에 유혹을 받아 오페라 하우스 구석구석으로 가서 가슴으로 되돌아오지 않는다. 기술적인 연주는 인간의 체취가 없고, 음악이 흘린 눈물의 흔적도 없다. 오페라 하우스에서 들려 준 연주는 영혼이 없는 메마른 음악이다.

내 글의 소리를 찾는다.

글에서 빈 창고에서처럼 부딪쳐 들리는 마음의 소리가 들리지 않는다. 오래 묵은 쓸데없는 물건들로 마음이 꽉 차서 안 들리는 것일까. 채석장에서 들리는 마음의 깊은 소리를 들어야 하는데 도시의 소음으로 고막이 상처를 받았는지 아무 소리도 들리지 않는다. 어떤 울림도 오지 않는다. 메아리와 돌까지도 따뜻하게 해 주는 글의 멜로디를 찾아 나선다.

아담의
언어

- 에세이

수필이 영화를 만났을 때

어느 수필가가 '수필이 왜 영화관에 갔는가'란 상쾌한 질문을 했다. 답을 쓰려고 깜빡이는 커서를 지켜보며 생각했다. 어려서 살던 집이 영화관 가까운 곳에 있어 언니와 자주 영화를 보았다. 환경이 이유였을까. 몇 십 년이 지나도 가슴이 쿵 내려앉는 잊지 못할 장면에 빠져서였나. 서너 가지 이유를 찾다 마음 한구석에서 조용한 말이 들렸다. 빈약한 자신의 체험이란 노(櫓)만으로는 힘든 수필의 험한 바다를 항해하기 어렵다는 말. 도움이 필요했다. 두 손만으로 젓던 조각배에 영화란 동력을 달았다.

또 다른 이유는 영화가 현대인이 누리는 '문명의 은총'이고 수필은 이성과 감성이 어우러지는 '공유의 축복'이란 말을 읽으며, 문명을 공유하는 축복을 누리고 싶어졌다. 이렇게 수필과 영화의 만남은 시작되고 그곳에서 일어나는 수필 세계를 찾아 나섰다

좋은 수필에서는 심장 뛰는 소리가 들리고 좋은 영화에서는 맥박 뛰는 소리가 들려야 한다. 한 몸에서 들리는 두 가지 생명의 소리를 함께 느끼고 싶다. 맥박과 심장 뛰는

소리. 왼손은 맥을 짚고 오른손은 가슴에 댄다. 팔딱팔딱 뛰는 감촉은 전류를 타고 흐르듯 이어지며 어느 순간 한 점에서 만난다. 좋아하는 남녀의 시선이 부딪치는 순간 일어나는 스파크처럼.

수필과 영화의 만남은 실제와 상상적 체험이 합류되고 그곳에 펼쳐진 수필에서는 색다른 이미지가 생긴다. 톨스토이도 만년에 한 인터뷰에서 카메라가 영화를 찍는 것처럼 글을 쓰고 싶다고 했다. 큰 숨을 들이쉬고 용기를 낸다.

수필 쓰기에 영화 찍기를 대입해 영화 에세이 쓰는 길을 연다.

글감을 찾는 수필가의 눈은 카메라 렌즈여야 한다. 영화에서는 카메라가 아름다운 영상을 만들기 위해 시간과 공간을 자유롭게 넘나들며 인간과 자연의 모습을 찍는다. 고정적인 구도에 머물지 않고 끊임없이 움직이며 창조한다. 수필에서도 깊숙이 숨어있는 어두운 인간 본성에 밀착하여 벗은 마음을 드러내기도 하며, 빛을 찾아 헤매는 고매한 모습도 보여주어야 한다. 숲의 장엄함과 싹의 연약함을 함께 가진 마음이 어떻게 변화하는지를 살펴서 그 미세한 움직임에도 눈길을 주어야 한다.

영화 외에 일상생활의 일들이나 대화에서도 글감을 찾으려고 노력하지만, 예술작품을 감상할 때는 연필을 꽉 잡는다. 접하는 모든 것을 수필과 연결하려고 오감을 팽

팽하게 만들어 공부하는 학생의 태도로 임한다.

어느 날 현대적 리듬으로 편곡한 바흐의 무반주 첼로곡을 들었다. 분명 낯익은 음악인데 낯설게 들린다. 재즈로 연주되는 바흐는 고전과 현대가 만나 자유롭게 어우러져 날고 걸으며 뛰었다. 야수아끼는 바흐의 곡을 색소폰으로 창고, 채석장, 콘서트홀로 장소를 옮겨 연주했다. 음악은 빛이 되어 어둡던 창고의 잠든 구석들을 소리로 깨웠고, 채석장으로 간 바흐의 음악은 고향을 찾은 듯 자연에 순화되어 돌들을 따뜻하게 감쌌다. 이 CD를 한 달 동안 매일 들으며 '네 가지 울림의 바흐'를 쓰고 흰 A4에 갇힌 수필에 조금씩 색칠을 했다. 고정관념이 예술의 벽인 것을 실감하며 수필에서도 다양하게 변화를 시도했다.

영화에서 소품이나 배우의 의상과 배경을 통해 작품의 주제를 드러낼 때가 있다. 이처럼 수필에서 직유가 아닌, 은유나 비유로 독자가 교감할 때 느껴지는 카타르시스는 찬연하다. 슬플 때 눈물을 보여주지 않고 엷은 웃음을 보여줘도 눈물보다 더 진한 슬픔을 전하는 수필 쓰기를 찾아 헤매지만, 마음만 앞설 뿐이다. 책과 영화에서 문화 전반으로 눈을 넓혀 수필적 요소를 구하려 하지만 길은 험하기만 하다.

영화 〈아메리칸 뷰티〉에서 길에 버려진 쓰레기봉투가 바람에 날리는 장면이 나온다. 하찮은 쓰레기봉투에서 가볍게 주제를 전하는 감독의 시선이 경이로웠다. 그 후 바람이 부는 날, 길에서 날리는 비닐 봉투만 보면 영화가 생각나고 그 의미를 다시 생각한다. 수필에서 사실만을 옮겨 놓으면 문학이 아닌 기록일 뿐이다. 내가 만난 사실에 상상을 더하고, 사실 이면의 진실을 보는 눈을 키운다.

퇴고하지 않은 수필은 편집하지 않은 영화와 같다.

수필에서 퇴고의 과정이 글을 쓸 때보다 더 힘들 때가 있다. 처음에 적합하다고 생각되던 단어가 다시 보면 어울리지 않고, 때로는 엉뚱한 문장도 들어가 있다. 자신의 눈에 보이지 않던 것이, 다른 사람이 읽을 때는 환히 드러나 보인다. 나의 결점은 모르고 타인의 부족한 점은 한눈에 보이는 진흙 같은 교만이 수필을 쓸수록 느껴진다. 퇴고하며 겸손을 배운다.

가끔 부모와 자녀가 함께 영화 관람 하는 것을 본다. 그 모습을 보며 기성세대와 젊은 세대 간 닫힌 문화의 문을, 영화에세이로 열기를 바라며 영화와 수필 사이에 작은 징검다리를 놓는다. 그 다리가 다시 보고 싶은 영화 같은 수필이었으면 하는 마음으로 한편의 이야기를 만나러 나선다.

수필, 자신의 다큐멘터리에서 보이는 마지막 마침표에서 온기가 느껴지고, 욕망은 삼투되어 평안으로 정제되기를.

아담의 언어를 찾아서

언어는 인간의 환경을 비추는 거울이다.

최상의 언어를 찾아 문학인은 방황하고 고뇌한다. 내재된 언어능력은 어디서 오는지, 잉태된 것인지, 학습된 것인지, 완벽한 언어는 존재하는지, 수천 년 동안 변형된 언어의 원형은 어디에 있는지… 의문이 꼬리를 문다. 이 의문은 모든 환경과 조건이 완벽했던 에덴에서는 어떤 언어가 있었는가로 이어진다.

여호와 하나님이 흙으로 각종 들짐승과 공중의 각종 새를 지으시고 아담이 어떻게 이름을 짓나 보시려고 그것들을 그에게로 이끌어 이르시니 아담이 각 생물을 일컫는 바가 곧 그이름이라

창세기에 쓰여 있는 최초의 언어가 탄생되는 장면이다.

아담에 의해 탄생한 언어는 자신 앞에 있는 생물의 이름이었다. 성서학자들은 이 장면에서 언어학적 가설을 끌어냈다. 아담이 사물에게 부여한 특정한 이름은 '누구라

도 그 이름을 듣는 순간, 사물의 본질을 알 수 있는 가장 적합한 이름'이고 동시에 사물의 본질을 표현하는 기호체 계라는 것이다.

아담의 예지적 능력은 하나님으로부터 받았기 때문에 사물을 꿰뚫어 볼 수 있고, 그 능력으로 지은 이름은 사물 의 근원적 속성을 전달하는 명료한 '자연언어'로 만들어 졌다. 자연 언어란, 이름 속에 자신의 본질을 표현하고 드 러내는 언어다. 이 최초의 언어에는 절대적 순수가 있다.

그러나 에덴을 떠난 인간이 신에게 도전하며 바벨탑을 세운 후 우리는 혼돈된 바벨의 언어를 사용하게 되었다. 더 이상 인간은 자연언어인 한 가지 언어로 우주의 창조 물을 완벽하게 표현 할 수 없게 되었다. 인간이 스스로 깨 닫고자 하는 지적 욕망의 바벨탑이 높아 갈수록 혼돈은 깊어지고 순수는 멀어졌다.

타락한 바벨의 언어 속에 남아 있는 '아담의 언어'가 남 긴 흔적은 미메시스 된 언어들이다.

학자와 시대에 따라 조금씩 다른 의미로 해석되고 있는 미메시스는 모방이라는 뜻이나, 단순한 모방이 아니고 예 술에서는 표현의 의미로도 쓰인다. 벤야민은 인간의 미메 시스 능력이, 시간이 흐르면서 언어 능력이나 창조 능력 에 대체 된 것이 아니라 오히려 인간의 직관과 상상력에 작용하는 능력으로 보았다.

어느 미학자는 미메시스를, 한 유명배우가 미국 연기스

쿨 워크숍에서 경험한 일로 설명했다. 파도를 연기하라는 과제가 주어졌다. 그 배우는 단순 모방인 손으로 파도를 출렁거리는 모습을 그렸는데 다른 외국 학생은 파도가 밀려와 바위에 부딪치는 모습을 온몸을 뒤틀며 연기했다. 이 두 배우의 표현으로 보면, 미메시스는 파도모양을 단순 모방하는 게 아니라 자신이 파도 자체가 되어 표현 하는 것이다.

어린아이가 언어를 익히고 경험하는 과정도 미메시스적 특징을 보여준다.

남편의 유학시절, 우리가 타고 다닌 차는 15년이 넘은 낡은 차였다. 엔진 소리는 둔탁하고 차 표면은 페인트가 벗겨져 있었다. 어느 날 세 살짜리 딸아이와 함께 공원에 가던 중, 네거리에서 방향지시등을 켰다. 뒤에 조용히 앉아 있던 아이가 갑자기 "치컥, 치컥 치이컥"하는 소리를 냈다. 놀라서 돌아보며 무슨 소리냐고 물었더니 차안에서 깜빡이는 방향지시등을 가리킨다. 아이가 말한 "치컥"이란 의성어는 차의 낡은 정도를 한마디로 드러냈고, 그즈음 우리 집 경제 상태도 표현된 소리였다. 어른이 사용하는 일상 언어로는 장황하게 설명해야 하는 것을 아이는 깜박이에서 나는 소리로 단숨에 모든 상황을 전달했다. 어린아이의 순수함이 지각知覺한 미메시스적 언어였다.

미메시스는 충돌이고 만남이다. 가장 충만하고 순수한 순간 미메시스는 찾아온다.

사물을 보았을 때 느끼는 직감이 이성의 회로를 따라가 만나는 섬광 같은 순간이다. 그 짧은 순간 아담의 유전자 는 빛을 내지만 불꽃의 순간은 연속될 수 없다. 섬광이 이 어져 불길이 되면 그 작가는 산화되어 버리기 때문이다. 바벨의 언어로 미메시스 된 작품을 지향한다는 것부터 맨 발로 가시밭을 걷는 일이다.

아담의 언어가 있는 곳 – 에덴과 어린아이의 세계로 돌 아 갈 수가 없다.

아담의 언어 파편이 조금이라도 남아 있는 곳은 상상의 세계이다. 상상 속에서 선악과를 베물어 보기도 하고 유 혹하는 뱀의 꼬리도 밟아본다. 두 무릎을 꿇게 하는 현실 을 상상으로 우롱하며 훨훨 날아도 본다. 그러나 두발은 꿋꿋하게 대지를 딛고 걸어야만 한다. 그곳이 발이 푹푹 빠지는 사막의 모래 위라 할지라도 언젠가는 찬란한 오로 라를 볼 수도 있다. 상상의 힘으로 무채색 같은 현실에 색 을 입힌다. 글을 쓴다는 것은 흑백과 컬러 사이를 오가는 작업이다.

혼돈 속에서 허상의 오로라를 만나면 실재의 오아시스 도 머지않다. 그 순간을 기다린다.

7대 불가사의

발밑에서 폭죽이 터진다.

지난겨울 창문 바람막이를 하려고 에어캡을 자르다 바닥에 떨어진 에어캡을 우연히 밟았다. 뽀뽀뽀복… 한꺼번에 터지는 공기 방울은 발밑에서 수십 개의 작은 폭죽이 터지는 소리를 냈다. 맨발에 느끼는 감촉과 축포 소리에 비닐이 납작해질 때까지 밟으며 아주 오랜만에 눈물 씻으며 웃고 또 웃었다. 몸과 머리가 가벼워지던 날, 또 하나 신선한 얘기를 들었다.

가평에 있는 어느 초등학교에서 세계 7대 불가사의를 선정하는 학습을 했다. 아이들이 생각하는 7대 불가사의를 모두 쓰게 하고 그중에서 7개를 뽑는 과제다. 여기저기서 아이들이 쓰기 시작하고 거의 끝날 즈음, 그때까지도 쩔쩔매는 한 아이가 있었다. 선생님이 아이에게 다가가서 물었다.

"아직 못 썼니 도와줄까."

"너무 많아 적을 수가 없어요."

수줍어하며 아이가 골라 쓴 것을 보여 주었다. 선생님

은 받아보고 잠시 숨을 고르며 그 아이가 쓴 것을 읽었다. 순간 반 아이들과 학부형 모두가 조용해졌다.

만삭의 엄마가 배를 만지며 느끼는 것

아기가 그네를 타며 안고 있는 엄마를 만지는 것

어린이가 망원경으로 먼 곳 어딘가를 보는 것

두 소녀가 서로 귓속말로 대화하며 듣는 것

소년이 아이스크림을 맛있게 맛보는 것

소년이 천사처럼 웃는 것

엄마가 딸에게 뽀뽀해 주며 사랑하는 것

우리가 별생각 없이 보고, 듣고, 맛보고, 웃는 것…. 이 모두가 불가사의하다는 초등학생의 생각. 어느 교수가 이런 세계를 강의할 수 있을까. 주변에서 관심 없이 스쳐 지나간 우리 눈에 비쳐진 모습들. 어제도 보았고 오늘도 만났던 일들이 불가사의한 일이란다. 경이롭다. 온몸에 따듯한 온기가 전해온다. 세계에서 불가사의한 것을 찾으라는 문제에 그 아이는 멀리 외국으로 눈 돌리지 않고, 책에서 읽은 것에 현혹되지 않고 자신의 가슴과 머리가 만나게 했다.

장구한 시간과 엄청난 땀과 눈물로 만들어졌을 중국의 만리장성, 인도 무굴제국 왕이 죽은 왕비를 못 잊어 만든 타지마할 궁전의 호화로움. 이런 역사적 유적은 그 아이에게는 단지 훌륭한 건축물일 뿐이다. 반짝이는 마음으로 만난 평범은 비범으로 상승하여 무한한 인간의 오감으로 7대 불가사의를 찾아낸 것이다. 견고한 성벽보다는 부드러운 손길이, 정확한 대칭보다는 마음속에 있는 미묘한 곡선의 아름다움을 알고 작은 점의 신비를 찾는 아이의 눈이 불가사의하다.

새로운 세계에 온 듯하다.

내 마음속에 불가사의가 들어있다고? 내가 사는 바로 이곳이 기적의 세상이라고? 영화 '가위 손'에서 눈 온 적이 없는 마을에 얼음을 조각할 때 생기는 얼음 가루가 눈이 되는 시 같은 장면이 생각났다. 영화 같은 환상적인 세계가 아니더라도, 성공과 욕망이 주제어가 된 시대에 어린이의 이런 우문현답은 희망이 살아있음을 알려주는 봄소식 같다.

초등학생이 찾은 7대 불가사의를 보고 네 잎 클로버를 찾는 우둔한 모습을 떠올린다. 세잎클로버 꽃말은 행복이고, 네잎클로버 꽃말은 행운이다. 말로는 행복해지고 싶다 하면서 손만 뻗으면 딸 수 있는 세잎클로버를 옆에 두고 네잎클로버를 찾아 헤맨다. 행복은 밀어두고 갑자기 내리는 소낙비 같은 행운만 바라는 어리석은 찾기놀이를 평생 계속하고 있는 것은 아닌지.

우리 안에는 어린아이가 살고 있다 한다.

어른이 되면서 조금씩 잃어가고 잊어가는 어린 마음.

세월이 지나면 그 '내면의 아이'가 생활의 더께 밑에 숨어 버린다. 그 아이는 마음 속 가까운 거리에 있어도 돌봄을 받지 못하고 어른이라는 완강한 덫에 걸려 발버둥 칠 뿐 문을 열고 나오지 못하고 제자리만 지키고 있다. 내면아이는 한 자리에 쌓인 굳은 아집과 변하지 않는 어른이란 틀에 눌려 시들어 간다. 가슴 한구석에서 웅크리고 있는 아이가 생명력 넘치는 모습으로 지금의 나를 찾아와 차가운 마음을 따뜻하게 녹여 주길 기다린다.

마음속 아이와 정형화된 어른이 숨바꼭질 끝내고 그동안 만나지 못한 순수와 해후할 수 있기를. 내면의 아이가 나비눈 하지 말고, 외면하지 말고, 고요히 만나주었으면.

창호지가 준 선물

일 년 동안 바람 막고 햇빛 가리느라 눈(雪)빛 같던 창호 지가 누렇게 변했다.

볕 좋은 가을, 그날은 가족이 총동원 되어 집안의 모든 문의 창호지를 바꾸는 일을 한다. 평소 집안일에 거의 참 여하지 않는 아버지도 막내인 나도 작은 몫을 한다.

방마다 문을 뗀 집은 갑자기 넓어진다. 새롭게 넓은 홀 이 된 집안을 뛰어다녀도 거칠 게 없다. 문이 없는 이날은 마루와 안방, 건넛방과 부엌방이 통하고 잘 열리지 않는 사랑방까지 활짝 열려 방 안의 물건들은 햇빛에 부끄러움 을 드러낸다.

마당에는 짝 맞추어 떼어 놓은 문짝이 빙 둘러 세워진 다. 문살에 붙은 창호지를 떼어 내는 것은 내 몫이다. 문 창호지에 구멍을 내서 야단맞던 분풀이라도 하듯 창호지 를 뻥뻥 뚫고 북북 찢으며 퍼포먼스라도 하는 것 같이 신 나게 마당을 돌아다닌다. 이런 자유가 허용되다니. 문살 에 붙은 헌 창호지를 떼고 나면 문짝은 거대한 미로 같다. 아래쪽 네모 출발점에서 위쪽 도착점을 찾는 미로게임에서 잠시 길을 잃고, 문짝을 물걸레로 닦기 전까지 놀이를 끝내지 못한다.

엄마와 아버지가 풀칠한 창호지를 잡고 정성껏 네 귀를 맞춘다. 집안의 어떤 일에도 두 분은 몇 차례 의견 조정을 해야 하는데, 창호지를 붙잡고는 그럴 시간이 없다. 두 분이 서로 눈을 보며 마음을 합하니 집안에 화합과 평화가 넘친다. 붙인 창호지를 방비로 쓱쓱 문지를 때는 먼 가을 바람 소리가 들린다.

아이들이 마술사의 입에서 나오는 불 쇼를 신기해하는 것처럼 이날 엄마, 아버지가 입으로 만들어 내는 비를 넋 놓고 본다. 아버지가 큰 안방 문에 대고 푸~푸 물을 뿜으면, 시원한 가랑비가 입에서 나와 창호지를 적신다. 엄마는 입을 다물 듯이 가늘게 만들고 푸우 뿜으면 안개비가 창호지에 닿아 한지는 생기를 더 한다. 내가 해보겠다고 떼를 써 물을 가득 물고 입을 동그랗게 만들어 힘을 다해 뿜었더니 물총 같이 나와 하마터면 창호지가 뚫어질 뻔했다.

문을 짝 맞춰 달고 나서도 엄마의 일은 끝나지 않는다. 단풍잎 은행잎 수레국화를 흰 접시에 받쳐 들고, 문 손잡이 옆에 낙엽을 붙이고 내 방에는 작은 국화로 색을 맞춘다. 엄마의 표정은 집 일 하던 표정이 아니다. 고요하다. 머리 땋고 다니던 시절 누군가와 들판을 걸을 때 그런 표정이었을지도.

지금도 창호지문을 보면 마음이 따듯하고 평안하다. 한지가 만들어지는 험하고 힘든 과정은 한지를 부드럽게 변화시킨다. 순종과 온유를 배우는 과정이다.

닥나무를 삶아 껍질을 벗기고 두드리고 티를 고르고 엉킨 섬유를 풀어주고 도침질의 매운 과정을 겪은 한지. 빛을 품는다. 한지는 외부에서 충격이 오면 유리창처럼 소란하게 깨지지 않고 충격 받은 부분만 파손되어 찢어진 곳을 붙이면 다소곳하게 모양을 유지한다. 빛을 그대로 통과시켜 사람의 허물을 낱낱이 고하지 않고 반투명의 겸손으로 감싸준다. 바람 부는 날이면 한지는 바람결을 따라 흔들리며 노래한다.

문창호지를 바꾸던 그날 자연은 예술을 보여주었다. 마당의 감나무 그림자가 창호지에 비쳐 그린 수묵화 한 점. 달과 한지가 어우러져 만들어낸 명화를 잊지 못한다.

기억 속 그림은 현실에 겨워 거칠어졌던 숨을 잠재운다.

오해의 거리

햇빛은 밝고 해변의 모래는 따뜻했다. 바다는 에메랄드와 코발트블루의 유혹적인 색으로 손짓했다. 남편의 유학 생활을 끝내고 귀국하는 길에 잠시 하와이에 들렀다. 바다를 보며 유학 시절 겪었던 최저생계비의 압박감을 씻어버리고 싶었다. 바다는 깊지 않아 수영 실력이 변변치 못하지만, 나는 안심하고 물속으로 들어갔다.

물이 발목에 닿자 몇 년 동안 쌓인 긴장이 풀어지는 듯하고 무릎에 닿은 태평양 온기는 마음마저 따스하게 해주었다. 허리까지 물에 잠기자 새로운 기운이 솟는다. 잠시 남편과 딸아이가 있는 곳을 뒤돌아보았다. 수영을 즐기고 오라고 남편이 크게 소리치고 5살짜리 딸아이는 활짝 웃으며 단풍잎 같은 손을 흔들었다.

물속에 머리를 넣고 자유형으로 물살을 헤쳐 나갔다. 온몸이 이완 된다. 몸은 환성을 지르며 말한다. 새로운 시작이다. 좋은 기억은 살리고, 힘들고 지친 이야기는 귀국하기 전 다 씻고 가자. 왼팔 오른팔 있는 힘을 다해 저어 앞으로 나가며 부드러운 물살을 즐겼다. 숨이 차기 시작했다. 좀 쉬기로 하고, 똑바로 서려 하자 발이 바닥에 닿지를 않았다.

어, 어, !

균형을 잃은 호흡은 이미 바닷물을 한번 마셨다. 몸이 균형을 잃고 곤두박질을 쳤다. 들이쉬는 숨에 왈칵 바닷물이 다시 입으로 들어왔다. 정신이 아찔해지며 본능적인 몸짓으로 허우적거렸던 것 같다, 아름답던 바다는 오직 검은 블랙홀일 뿐이다.

이렇게! 이렇게 끝난다고….

그때 어떤 손이 나를 잡았다. 허우적거리며 그 팔을 잡았다. 옆에서 수영하고 있던 타국 청년이 해변 가까이 내가 설 수 있는 곳까지 잡아주었다. 모래사장에 털썩 주저앉아 몇 번 물을 토해내고 식구들이 있는 곳으로 갔다.

남편과 딸은 모래성을 쌓으며 웃고 있다. 그곳에는 일상이 있을 뿐이다.

"엄마, 모래 집 좀 봐, 안 무너져요."

"왜, 무슨 일이 있었어. 뭐라고? 재미있다고 손짓하는 줄 알았지."

죽음 앞에 허우적거리는 게 장난치는 것으로 보였다니. 나는 사는 게 재미있다고 손짓하며 죽는 희귀한 사람이 될 뻔한 거다. 오해의 거리, 5분이면 도착하는 그곳에서 그 순간 생명과 사랑은 남루한 말이 되었다.

숨을 고르고 주위를 돌아본다. 햇빛아래 비치볼을 잡으려고 온몸으로 뛰는 사람, 얼음에 채운 맥주를 기분 좋게 마시는…. 주위를 둘러보며 그런 광경을 처음 보는 듯 그들을 경이롭게 본다. 그 시선은 조금 전 보았던 검은 바다의 심연으로 연결된다.

생과 사의 거리, 그 아득한 거리는 어느 순간이라도 바뀔 수 있는 짧은 거리다.

현실 속의 초현실

어른들은 젊은이를 보며 좋은 시절이라고 한다.

그 시절 나는 어른들 말을 인정 할 수가 없었고 오히려 생활과 생각이 안정된 부모의 나이가 부러웠다. 이상은 언제나 키를 넘어 이상의 높이보다 더 깊게 좌절했고, 욕망은 끓어올라 사방으로 뻗어 있는 길에 한 발짝 내딛고는 놀라서 발을 빼곤 했다. 과연 좋은 시절인가를 수없이 자신에게 물었다.

예술을 향한 열정으로 사는 딸 친구가 있다.

그 아이는 그림과 영화에 심취하고 있었지만 딸 셋의 맏이라는 책임감 때문에 무역학과를 갔다. 그 아이가 영화에 대한 이야기를 하면 꽃잎이 하르르 날아다니고 푸른 잎 하나 뚝, 떨어지는 것 같았다. 졸업 후 영화를 안 하고는 못 견디어 영화 제작 현장에 뛰어 들었다. '결혼은 미친 짓이다'를 찍으며 너무 힘들어 털썩털썩 주저앉을 즈음 지금의 남편을 만났다. 결혼이 미친 짓이 아니라 안식처라는 걸 증명하고 싶었지만 공부를 계속하기 위해 가정에만 안주하지 않았다.

낮과 밤 두 곳에서 죽도록 일하며 유학비를 마련해 영국으로 유학을 갔다. 머리로는 공부하고 몸은 아르바이트하고, 좋은 공연을 보기위해 먹는 것과 모든 것을 아꼈다. 공연을 본 후에는 감동으로 눈물 흘리며 자취방에서 라면만 끓여 먹어도 행복해 했다. 생활은 힘들어 얼굴에 뼈만 보이면서도 밤하늘 검푸른 색이 몇 가지로 변하는지, 런던의 안개 냄새가 얼마나 신비한지를 전했다. 귀국 후에 미래의 인생 계획을 세우다가 잠시 꿈을 접었다. 남편의 시나리오가 멋진 영화로 데뷔하기까지 영어 강사를 하며 돕기로 했다.

노희경의 드라마에서 '젊어서 힘들겠다'란 말을 들으며 그 아이 생각을 했다. 지금 그 아이는 꿈이 현실에 용해되는 어려운 과정을 겪고 있다. 꿈이란 알맹이가 생활의 거친 물결 속에서 여기저기 부딪치며 휩쓸려 가고 있는 중이다. 모호한 미래 앞에서 꿈과 현실의 타협점을 찾아가는 과정이다. 미로찾기 퍼즐 속에 그 아이가 있다. 미로는 아스팔트가 아니라 때로 넘어지고 가시에 찔리며 피 흘리는 험한 산길이다.

그 아이가 귀국해서 살 집에 대해 메일을 보내왔다.

…저희 집, 3층은 무형의 강한 표현력을 가진 음악을 품고 사는 제 동생부부, 2층은 눈으로 만져지는 존재론적 표현의 영화를 꿈꾸며 사는 저의 부부, 1층에는 손으로 생의 아름다움을 실현하는 사돈부부가 삽니다. 그 풍경은

르네 마그리트의 중절모를 쓴 비슷한 사람이 수없이 그려져 있는 그림처럼 각기 다른 빗방울의 모습으로 한 가족을 만들어 가고 있는 듯합니다.

차분한 성격에 시나리오를 쓰는 시간이 많은 남편 방은 안정적인 풀색 벽지와 달빛화이트 벽지를 발라 눈부신 하늘과 들을 만들었습니다. 제 방은 그리스의 화이트와 화려한 블루의 느낌을 사랑하는 저의 취향을 따라 트왈블루 벽지로 완성되었습니다. 연푸른 벽지 안에 어셔의 끝이 없는 건축물을 연상시키는 작은 구조물이 있어 더욱 흥분되었습니다. 3층 주인집은 남산의 산장을 구현시킨 목재 패널로 인해 따뜻함이 있고 넓게 트인 창이 있어 늘 여행을 떠나는 분위기입니다. …

메일에 그려진 방 모습은 아름답다. 그 보다 더 빛나는 것은 어떤 환경에서도 아름다운 것을 찾아내는 그 아이다. 벽지 값과 고르는 과정을 아는 나는 자기 집을 평화로운 유럽의 맨션으로 표현하는 그 아이의 목소리에 가슴이 찡하다.

함께 사는 사람들도 그 아이를 닮았다. 일찍 결혼을 한 동생도 음악을 계속 하고 싶었지만 꿈을 접고 부모가 하는 요식업을 도우며 집을 마련했다. 6개월에 한 번씩 이사를 하고 남산동에 있는 작은 집을 대출 받아 마련했다. 어렵게 수리를 하고 1층은 시누이에게 주고, 언니가 귀국하자 아주 싼 값에 전세를 주고 자기들은 급히 개조한 옥

탑방으로 올라갔다.

그 아이가 그곳으로 집을 정하고 가장 좋아 한 것은 창가에서 볼 수 있는 그림 때문이라는 것이다. 그 아이 방의 작은 창을 열면 신세계 백화점 외벽에 그려진 초현실주의 화가 르네 마그리트의 '골콩드(Golconde 겨울비)'가 보인다. 그림을 보는 순간 온몸에 기쁨의 전율이 흘렀다고 한다. 르네 마그리트. 그 아이가 좋아하는 화가다. 김기덕 감독 영화에서도 볼 수 있던 이미지이긴 하지만. 그러나 집을 고르는데 창문에서 보이는 그림 때문에 결정했다니.

많은 사람들이 백화점이 완성되면 어떤 명품과 상품이 들어올까. 물건 값은 어떨까 생각한다. 그런데 이 아이는 공해로 찌든 도심 한가운데 공사 중인 건물을 가려 놓은 그림을 보고 감동한다. 힘든 현실에서 언제 이루어질지 모르는 꿈을 간직하고 세상에 반항하지 않으며 자신을 지켜나가는 모습이 눈물겹다.

현실과 싸우는 전쟁에서 이 아이의 무기는 닦여진 감성과 열정을 잠시 접는 지혜다. 산보다 큰 컵에 구름을 담고, 다리위에 깊은 눈빛의 사자와 날개 달린 남자를 한 화폭에 그리는 르네 마그리트의 그림과, 현실에 살며 초현실적인 생각으로 생활과 꿈을 조화시키는 아이와 닮았다.

모든 것에 흔들리며 마침표를 하나씩 찍는 시기에 느낌과 물음으로 살고 있는 젊음 – 그의 현실과 초현실의 푸름이 슬프게 아름답다.

오감의 축복

이상한 습관이 있다. 숫자 세기다.

음악회에 가서는 오케스트라와 합창단원의 숫자를 세고, 새달의 달력 그림에 별이 그려져 있으면 별을 센다. 그렇다고 숫자에 민감하고 수학적 두뇌가 있는가, 그 반대이다. 숫자의 단위가 십만이 넘으면 한 번에 읽지 못하고 동그라미 끝부터 일, 십, 백, 천 올라가며 읽곤 한다.

나의 숫자세기 습관은 어릴 때부터 숫자 관념이 없어, 누군가 "얼마냐, 몇 개냐" 하고 물으면 쩔쩔매는 콤플렉스가 약간의 강박증을 일으킨 것이라고 스스로 분석한다. 이 습관에서 벗어나려고 결심한 것은 잡지에서 '카운터 맨'이라는 직업에 관해 읽은 후다.

카운터 맨은 아주 유망한 직종이다. 대형할인마트에서 계산대 직원이 부족할 때 투입하면 계산기보다 정확하게 계산을 하고 바둑대국이 벌어질 때도 민감한 초읽기 시간을 잰다. 그는 숫자와 친해지기 위해 모든 상황을 숫자로 생각한다. 가장 기분 좋을 때는 10점, 기분 나쁠 때 1점을 주고 영화나 책을 보고도 그는 느낌을 점수로 계산한다.

일인자가 되기 위해 스스로를 훈련하는 것이다. 카운터 맨 양성학원 고급과정 중에 초콜릿 감별법이 있다. 눈을 감고 초콜릿을 맛 본 다음 카카오 함량이 70%인가, 99%인가 맞춰야 한다. 그의 혀는 달콤한 초콜릿 맛은 잊어야 한다. 오직 숫자만을 떠올리기 위해. 느낌이 묶인 거대한 계산기 같은 카운터 맨, 세상에서 가장 슬픈 직업이라는 생각을 했다.

봄꽃 한 다발을 샀다. 평소 습관대로 프리지어 꽃잎을 센다. 하나, 둘…, 그러다 다섯이 채 끝나기 전 머리를 세차게 가로저으며 의식적으로 꽃잎을 만져 본다. 참 인간에 조금 가까이 간 것인가.

손끝에 닿는 매끄러운 감촉, 아파트 회색 공간에 단번에 활기를 주는 노랑과 분홍의 황홀함에 큰 숨으로 향기를 맡으며 꽃을 즐긴다. 숫자를 잊고 달력의 별에서는 별빛을 상상하고, 합창에서는 화음을 듣고, 사람에게서는 깊은 마음을 보기로 한다.

꽃은 눈으로만 보지 않고 손으로 가만가만 만지며 촉감을 음미했다. 꽃잎의 감촉은 입술 안쪽의 부드러움과 같았고, 꽃잎의 두께는 꽃의 얼굴처럼 각각이다. 시클라멘의 도톰한 꽃잎을 만지니 손가락이 미끄러질 듯하다. 다섯 꽃잎은 서로 독립한 듯 떨어져 있고, 아래위가 바뀐 듯 뒤집어서 피어 있다. 갓난아기의 뺨같이 부드러운 향기는 없었다. 꽃잎을 만지며 꽃에 귀를 바짝 대고 소리를 듣는다. 침묵의 수많은 비밀과 힘이 체감된다. 샤, 샤, 샤르르, 하는 강도가 모두 다르다. 꽃잎을 만지며 그 소리를 온몸으로 듣는다. 소리가 신비롭다. 어떤 음악에 이렇게 귀를 기울였을까. 평화롭다.

오감의 축복을 누린다.

남자도 울게 하라

　우리나라 술 소비량 순위는 세계 10위를 오르내리고 알
콜성 치매는 세계 1위라고 한다. 술을 좋아하는 남자에게
왜 술을 마시느냐고 물었다. 이유가 있어 마시면 애주가
가 아니라며, 이유를 말한다면 술이 있기 때문이라고 대
답을 피한다. 잠시 후 속내를 들어낸 그의 대답. 사는 게
힘들어 모든 것에서 잠시 떠나고 싶고, 삶을 정면으로 마
주보기 어려워서라고 했다. 삶, 그 자체가 스트레스라는
그의 얼굴빛은 건강해 보이지 않았다.

　남자들은 직장에서 복잡한 문제와 가장이라는 큰 짐을
지고 있어 스트레스가 많아도 그들의 속마음을 드러낼 수
가 없다. 남자라는 이유만으로. 속마음을 드러내면 가벼
워 보이고 특히 눈물을 흘리는 것은 남자답지 못하다는
게 우리의 문화다. 어릴 때부터 울면 나약하다고 야단을
맞고 자라 감정을 억제하다 보니 못 우는 것이지 그들에
게도 울고 싶을 때가 있다. 퇴직한 날 저녁, 외동딸 결혼
식, 가장 친한 친구의 장례식 후, 그들은 눈물을 참으려고
술을 찾는다.

눈물은 나약한 남자만 흘리는 게 아니다. 지나간 대선 때, 노 대통령 당선인이 홍보용으로 제작된 TV화면에서 말없이 눈물을 흘리는 모습을 보고 약한 이미지를 느낀 사람은 거의 없다. 감정의 솔직한 표현이 용기일 수도 있다.

눈물에는 누(泪)와 누(涙)가 있다. 누(泪)는 눈에 고이기만 하고 흐르지 않는 눈물이고 누(涙)는 흐느끼며 울 때 흘리는 눈물이다. 고인 눈물이 흐르지 않게 하려면 하늘을 보고 입술을 깨물며 참아야 한다. 참을 때 가슴에서 눈물이 흐른다. 남자는 마음이 아플 때 눈물이 고이지도 않게 하려고 술을 먹는 것은 아닌지.

눈물은 치유력이 있다. 마음을 씻어 주고, 위로해 준다. 칼릴 지브란은 눈물이 생의 불가사의와 비밀을 알게 해준다고 했다. 이런 경험을 하지 못하는 사망률 높은 한국의 4,50대 남자들은 폭탄주 속에 그들의 마음을 숨기며 애간장을 알콜에 담근다. 폭탄주의 수렁에서 그들을 건져낼 방법은 없을까.

남성들이 감정의 얽매임에서 자유를 찾는 방법을 술 마시는 것 외에서 찾는다면, 그들의 건강도 좋아지고 이 사회도 좀 더 솔직하고 정직하게 될 것 같다. 남자에게 허용되는 눈물은 나라를 위해, 부모가 돌아가셨을 때라고 하지만, 한 편의 시를 읽고, 어두운 영화관에서 화면을 마주하고 조용히 울 줄 아는 남자. 그 남자를 사랑한다. 울음이 북받쳐 목에 '칵' 하고 슬픔이 막힐 때 그의 등을 쓸어

주고 싶다.

그 등의 촉감은 가을바람 같지 않을까.

P. E. N

P의 언어는 향기롭다. 그 향기는 현실을 잠시 잊게 한다.

P의 얘기는 맑은 날보다는 흐린 날에 더 감미롭고 낮보다 밤에 더 잘 들린다. 그는 감탄 하거나 분노를 삭일 때, 아름다운 모습을 보았을 때, 손가락이 파르르 떨린다. 푸른 정맥이 드러나는 가늘고 긴 손가락에서 감각적인 매력이 나타난다. 가끔은 짧은 몇 마디로 자신의 깊은 마음을 전하는데, 그것을 이해하기 위해서는 찰나의 눈빛을 붙잡아야 한다. 나는 항상 긴장하며 그를 응시해야 한다.

P의 말은 절규로 들리기도 하고 통한의 신음 소리로도 들린다. 이러한 감각적인 면에 이끌려 시작된 만남은 시간이 흐르자 감정의 올무가 되었다. 그의 감정에 휘말려 훼척해 가는 자신을 살려야겠다는 생각이 들었다. 유약하지 않은 건강한 영혼의 소유자와 함께 길가의 꽃을 보며 미소 짓고, 낙엽 쌓인 길을 걸을 때는 낙엽에서 죽음을 느끼기보다 단풍의 색에 물들고 싶어졌다.

그를 떠날 때 칼날 같은 몇 마디 말이 가슴에 선혈을 흘리게 했지만, 생의 한 가운데서 건강하게 서 있고 싶은 마음이 더 강했다. 쓰러질 듯, 부서질 듯 서 있는 자코메티의 조각이 아닌 로댕의 살아 움직이는 생명이 그리웠다.

N과의 만남은 실내악 같던 P를 떠나고 교향악의 장중함에 매료되었을 때였다.

직장을 가진 사회인으로서 많은 계층의 사람들을 접한 N에게 듣는 삶의 이야기는 끝이 없다. 그의 이야기는 새벽 생선 시장에서 맡는 비린내 같고, 노동하고 흘린 땀 냄새 같다. 현실 한가운데서 나는 삶의 냄새다. N은 과거와 미래에 대해 끝없이 들려주었다. 어느 날 며칠이 가도 끝나지 않는 친구의 사랑 이야기를 들으며 주인공들을 만나고 싶어졌다. '그들을 어디에서 만날 수 있느냐는 질문에 그는 희미한 미소를 지었다. 주인공들은 어릴 적 친구가 아닌 머릿속에서만 존재하는 인물들이었다.

그때 재미있는 이야기를 계속 꾸며내야만 목숨을 부지했던 세헤라자드를 떠올렸다. 그는 영원히 글쓰기의 업을 지니고 태어나 목숨이 끝나야 비로소 벗어날 업의 무게로 괴로워하고 있었다. 만나고 한동안은 다양한 모습을 전해주던 N은 시간이 흐르자 생의 더 짙은 어두움과 깊은 절망을 전달하기 시작했다. 일식이 계속되는 듯한 이야기를 듣고 있으면 이 땅에는 영영 해가 떠오를 것 같지 않았다.

어느 전시회에선가 가슴이 뚫린 조각이 있었다. 청동여인의 뚫어진 가슴에 손을 깊게 넣어 보았다. 팔이 끝까지 들어 간 순간, 혈압을 잴 때 팔을 누르는 것 같은 압박을 느꼈다. 가슴이 조여 왔다.

허구에서 느껴지는 허무의 바람은 나를 땅속까지 끌고 갈 것 같았다. 허무와 생살이 닿는 아픔을 견딜 수 없었다. 언어로 표현될 때부터 진실의 존재는 흩어지기 시작하지만, 그래도 남아있는 한 조각을 붙잡고 싶었다. 두 번째의 떠남은 처음보다 훨씬 힘들지만 고여 있어 썩지 않으려면 떠나야 했다.

E는 햇빛 아래서 밝은 웃음으로 만나 주었다.

그 웃음은 삶의 상처를 딛고 내적 괴로움을 승화시킨 것처럼 보였다. 대화가 진지했다. 세상을 보는 눈은 따뜻하지만 날카로운 비평을 담고 있었다. 타인에 대한 평가는 편협하지 않고 부정적이지 않다. 발은 대지를 튼튼히 딛고 머리는 하늘을 향해 있는 그의 삶의 태도에 신뢰가 간다. 자기만의 특수성을 찾으면서도 편견 없는 보편성을 가진 그에게서 온기를 느낀다. 함께 있으면 느껴지는 편안함은 안이함이 아니다. 새로운 것이나 자신과 다른 어떤 사람의 생각도 받아들이는 넓은 포용력 때문이다.

그의 예술에 대한 관심과 학문에 대한 끊임없는 연구는, 그가 한 자리에 머무르지 않고 더 넓고 높은 곳을 향한 몸부림으로 보여 연민과 함께 미래에 대한 비전을 갖게 한다. E는 삶에 대한 얘기를 미화하지 않고, 옷을 입히지 않은 알몸 그대로를 보여 준다. 삶의 실체를 만난 듯하다.

E를 만난 후, P와 N에게서 느꼈던 혼란과 혼돈에서 벗어날 수 있었다. 그를 만나고 싶은 만큼, 그를 만나러 갈 때마다 고통은 깊어진다. 지성적이고 탁월한 식견에 나의 보잘 것 없는 견해가 부끄럽고, 화려한 화술로 답변하기 바라는 그에게 어눌한 말로 생각을 전할 수 없어 쩔쩔매곤 한다. 그는 정치, 사회, 예술의 전 분야에 대한 박식함으로 만남을 즐겁게 해 주지만, 내 지식의 빈곤함은 지난날을 게으르게 보낸 회한에 주저앉게 한다.

E와 만날수록 깊이 느껴지는 나의 부족함은 P와 N을 만날 때보다 자존심에 더 큰 상처를 받는다. 그를 떠날 생각을 한 어느 날, E에게서 P와 N의 모습이 스쳐 지나갔다. 그가 갖고 있는 문학의 완성이 P와 N을 품으므로 이루어진 것임을 알았다.

이제는 방황에 지쳐 어딘가에 정착을 해야 한다. 후회하지 않을 삶을 위해 E의 곁에 머물 것을 결심한다. 그와 함께 할 시간이 어렵다는 것을 알아서인지 가슴에 싸아한 아픔이 번진다.

시(Poem)와 소설(Novel)을 떠나보낸 몇 년 후, 나는 오늘도 수필(Essay)을 만나러 간다.

긴 고통 속에 숨어 있는 환희를 찾아서.

$$0.2mm + 0.05mm = \infty$$

3억 6천만 개의 정자를 물리치고 힘차게 달려 결승점인 난자에 도착해서 생겼어요. 3억 6천만이라면 우리나라 인구의 7배가 넘어요. 전체 인구 숫자로 상상이 안가면 월드컵 때 상암 축구장에 꽉 찬 사람을 떠올려보세요. 셀 수 없이 많은 그 사람들의 6,000배나 넘는 숫자를 뒤로 제치고 일등을 했으니까요.

그렇게 대단하게 시작한 나는 엄청나게 작아요. 막대자를 꺼내보세요. 난자의 크기는 0.2㎜정도이고 정자는 약 50㎛입니다. 난자의 크기는 1㎜ 눈금의 1/5인데 어떻게 그릴 수 있겠어요. 아니 점이라도 찍을 수 있을까요. 1㎜는 1000㎛이니까 정자의 크기는 상상할 수도 없지요. 눈에 보이지도 않는 작고 작은 점이 저의 생명의 근원인 것이지요.

우주도 130억 년 전에는 하나의 알 정도의 크기였는데 빅뱅을 거듭해서 현재 상태가 됐다니까, 사람이 소우주와 같다는 말이 맞는 것 같네요. 보이지도 않는 점은 170㎝ 정도 커지고, 사람의 능력은 상황에 따라 측정할 수 없을 만큼 무한대로 커지니 창조주의 솜씨에 놀랄 뿐이지요. 그러나 경이로운 것은 창조의 순간만이 아니고 뱃속에서 나와 탄생 후 진행되는 삶의 모든 과정입니다.

　내가 생겨서 세상에 나오기까지의 과정을 엄마의 희미한 기억보다 뱃속에 있던 제 경험을 엄마에게 말할게요. 다른 친구 엄마들도 들어주세요.

　두 달 정도가 되도록 엄마는 내가 생긴 것을 몰랐어요. 감기인 줄 알았다가 나중에 임신인 걸 알았어요. 엄마는 우주를 품고 있으면서도 몰랐던 것이지요. 이즈음 나에게는 우주의 빅뱅 같은 일이 일어나요. 성장속도가 아주 빨라 이대로 계속 자라면 엄마보다 훨씬 크게 자라지요. 그러나 첫 달만 빠르게 성장해요. 머리와 몸통이 나눠지면서 인간의 형상을 갖추려고 하기 때문이지요. 엄마는 이때, 주위의 사람들에게 제 존재를 알려서 제가 될수록 많은 축복을 받게 해주고 싶어 해요.

　석 달까지 엄마는 신 음식만 찾다가 갑자기 익지 않은 파란 포도까지 먹고 싶대요. 신 음식에 정말 신물이 났어요. 사실 나도 맛을 느낄 수 있거든요. 엄마가 주는 여러 가지 음식물을 얼마나 기다렸는지요. 엄마가 영양을 줘야 양수 안에서 조금씩 움직여 볼 수 있거든요. 가볍게 걸어 양수가 조금 출렁거려야 제 촉각이 발달해요. 엄마가 이곳 저 곳을 다니며 본 것이 제게 전달이 되니까. 좋은 그림, 아름다운 색깔 많이 보고 저도 느끼게 해주세요.

다섯 달. 엄마가 여행을 갔어요. 신선한 공기가 느껴져 기분이 좋아 신나게 놀았더니 태동이 느껴진다고 감격해서 아빠를 부르네요. 배를 부드럽게 만져주니, 기분 짱이에요. 제가 움직이는 건 엄마에게 제 마음을 전하는 거니까 대답으로 어떤 사인이나 말을 해주세요. 그리고 요즈음 엄마, 아빠 밤에 사랑을 안 하시네요. 저 때문이라면 염려 마세요. 두 분이 사랑할 때 제가 만들어졌잖아요. 다 이해해요. 가벼운 양수의 움직임은 저에게도 좋거든요.

벌써 여섯 달이 지났어요. 청력이 많이 발달 돼 음악이 듣고 싶어져요. 아름다운 음악소리를 들으면 뇌에 α 파가 생겨 뇌 발육을 도와주지만, 싸우는 소리는 β 파를 만들어서 무섭고 불안해져요. 엄마는 태교음악으로 클래식만 좋다고 생각하고 어려운 곡을 들어요. 엄마의 기분을 좋게 하는 팝송이라도 괜찮아요. 음악을 따라 엄마가 노래를 하고 몸도 가볍게 움직이면 기분이 좋아요. 나를 교육하는데 고정된 공식은 없고, 옛날 방식에서 바뀌어야할 부분도 많이 있어요. 인체에는 제어 기능과 촉진기능이 있는데 하지 말라는 금기가 많아지면 뱃속에 있는 나는 소극적이고 내성적이 돼요. 대신 엄마가 자유롭고 즐거운 분위기에 있으면 촉진 기능이 발달해 적극적이 되거든요. 저는 21세기를 살아야 하니까 시대에 맞는 환경을 만들어주세요.

일곱 달이 되니 엄마 뱃속에 내가 있는 것을 다 알아보네요. 듣는 것은 선수가 됐고, 빛도 구별 할 수 있어요. 밝은 조명은 정신적으로 안정이 안돼요. 엄마의 배가 얇아져서 빛이 저 있는 곳까지 잘 들어오거든요. 부드러운 조명아래서 책을 읽는 엄마의 모습은 상상만으로도 즐거워요. 제가 밖에 나가서 엄마를 만나더라도 우리엄마는 자랑스러운 모습일 것 같아요. 요즘은 엄마하고 대화를 많이 하고 싶어져요. 음~ 무슨 향기죠. 좋은 냄새를 맡으니까 행복해 지네요.

여덟 달이 되니까 자꾸 맛있는 게 먹고 싶어져요. 양수에 섞인 맛을 구별 할 수 있어요. 두 눈도 뜨고 감을 수 있게 되고요. 엄마에게 알리고 싶은 게 많아서 신호를 보내는데도 엄마는 모르고 지나칠 때가 많아요. 요전에 딸꾹질 한 거는 내가 횡격막 완성된 것을 알린 것이고, 발차기를 세게 한 것은 대퇴부 근육이 생긴 것을 자랑하고 싶어서였어요.

드디어 열 달이 됐어요. 엄마 수고하셨어요.

깨알의 수백분의 일만한 크기의 수정란에서 몸무게가 3kg이 됐어요. 제 존재보다 소중한 것은 없어요. 이제 세상으로 나갈 준비를 하면서 무엇이 나를 성장케 했나 생각했죠. 탯줄을 통한 영양이 몸을 자라게 해 주었지만 가장 소중했던 건 엄마의 관심과 사랑이었어요. 이것은 밖에 나가서도 가장 필요하고 귀한 것이죠. 아빠가 엄마 성격이 나를 갖기 전에 비해 달라졌다는 말을 했지요. 그 관심과 사랑이 내게로 옮겨졌다는 것을 알고 나도 나 자신을 더 소중히 여기게 됐어요. 나를 위해 엄마가 했던 생활 습관 고치기, 내가 쓸 물건을 정성스레 준비한 것 모두 감사하지만, 최고로 감격한 것은 나를 엄마 자신보다 더 소중히 생각한다는 것이에요. 그리고 겸손하게 기도드리는 모습은 내가 본 엄마의 모습 중에서 가장 아름답고, 진짜 어른다운 모습이라 생각했어요.

자신이 아닌 남을 위한 마음이 생긴다는 것, 기적이에요.

생명의 탄생 자체가 기적이고 오차가 없는 완벽한 환희의 프로그램이에요. 엄마도 내가 뱃속에서 나오는 것에 대해, 그 진행과정을 가만히 생각해 보면 신기하고 놀랄 거예요.

엄마 뱃속은 편안하고 따뜻했어요. 이제 빛을 향해 나갑니다. 엄마와 탯줄이 끊어지는 건 두렵고 무섭지만, 두 팔로 안아 주실 테니 안심하고 나갑니다. 두 팔 벌려 맞아 주세요.

버리고 품는 자유

걸음을 멈춘다.

색의 조합이 매혹적이다. 한 컵에 세 가지 중간색이 조화를 이루고 깊은 색 뒤에 이야기가 전해진다. 컵에 색을 입힌 사람은 단순한 상품이 아닌 마음을 전하고 싶었나 보다.

컵의 표면은 자주색, 안쪽은 남색, 컵의 받침대는 짙은 초록색이다. 다른 컵은 지중해 바다 빛과 세련된 카멜색이 조화를 이루고 있다. 표면에만 디자인된 대다수 컵과 달리 컵 안의 색도 멋스럽다. 비싸지 않은 재질의 컵이라 더 정이 간다.

십오 년 전에 산 컵을 손에 쥐면 커피 향은 더 진하게 느껴진다.

같은 디자인이 다음 해에 계속 나오지 않아 오래 전 것을 구하기가 쉽지 않다. 물품 수집 취미와는 거리가 먼 내가 그 컵에 집착하는 이유가 있다. 손잡이의 각도가 편하고 입술에 닿는 컵의 촉감이 부드럽다. 색에서 보이는 채도와 명도의 조절에 몰입한 장인의 기품 있는 손길이 느꺼진다.

어느 가을날 커피를 즐기는 친구들이 왔다. 하얀 식탁보를 깔고, 꽃무늬 찻잔 대신 일곱 개의 머그컵을 놓았다. 미술을 전공한 친구가 각기 다른 머그컵의 안과 밖의 색에 대해 설명을 했다. 얘기가 어려워져 색채학으로 넘어갈 즈음, 색의 조화에 빠져있던 내 시선은 십여 개의 색을 받히고 있는 식탁보의 흰 색에 머물렀다.

긍정.

빛.

그동안 집착했던 색에서 벗어나 마음을 열었다.

흰색은 첫 눈에 들어오지 않지만, 과장도 부족함도 없는 품위와 결백 뒤에 강인함을 누리는 무채색의 고고함이 있다. 열정이나 권위 같은 특정 단어의 외침이 없다. 흰 식탁보는 머그컵에 있는 열 개가 넘는 색들을 모두 받아들이고 한 가지, 한 가지 색을 돋보이게 하고 있다. 흰색은 닫힌 듯 열려 있다. 가능성의 공백을 느끼게 하는 흰색을 보면 무언가로 채우고 싶어진다. 비어 있는 그릇이 과일, 물, 곡식, 어느 것도 담을 수 있는 무한 상상의 창고인 것처럼.

영화관에서 영화 시작 전 광고나 예고편 없이 흰 스크린만 보이는 순간 가장 많은 상상을 허용한다. 어떤 영화일까. 영화에 대한 사전 지식이 없을 때는 스토리를 상상하고 영화평을 읽고 왔을 때는 배우의 연기를 상상한다.

그러나 스크린에 어떤 영상이 뜨면 흰색에 펼쳐진 상상의 세계는 사라지고 강요된 이미지 속으로 들어간다.

흰색과의 교감은 계속 되었다.

왜 그날 색의 어우러짐보다 흰색이 다가왔을까. 그날 식탁위에 불빛이 유난히 밝아서? 아니다. 식탁 등을 닦은 지 오래 됐다. 순간 반사된 빛이 눈에만 머물다가 가슴으로 내려갔을 게다.

그즈음 유난히 바쁘고 결정해야 할 일이 많았다. 자유로운 선택이 아닌 시간표가 짜여진 하루의 일정이 계속되었다. 무한대 기호의 표시처럼 머릿속을 맴도는 생각, 생각, 생각. 혼란이 거듭되면 나는 습관적으로 무한대 기호를 손가락으로 그린다. 아무리 그려도 끝이 없다. 시간의 실타래는 자꾸 엉킨다. 그때 다가온 흰색. 모든 색을 받아주면서 어느 색도 버리지 않는다. 자유가 보인다. 여러 색과 함께 있을 때 시선을 붙잡지 않으나 돌아서면 어느 사이 마음에 들어와 있다. 빛을 품고 있다.

요즘 찬장에서 그날의 컵 색을 고르려고 망설이지 않는다. 정화되고 단순한 흰색 머그컵을 손에 든다. 가볍다. 손도 머리도. '공백, 비어있음의 충만함. 색의 부재가 아니라 빛이 충만하면 희어지는 어느 정점'이 있다.

주름이 질까 조심스러워 의자에 기대지 못하는 빳빳한 교복의 흰색, 옷감의 고급스러움이 주는 대가로 불편함을 감수해야 하는 실크의 흰색. 이제는 어떤 몸짓을 해도 편

하고 표백을 해도 세재의 독함을 견디는 티셔츠 같은 흰
색이고 싶다.

생을 한 바퀴 돌아 먼 세상에서 다시 돌아온 흰색, 그
허허로움이 자유롭다.

예술 평론

몸의 담론자, 안토니 곰리

안토니 곰리 브레겐츠 전시 포스터

1. 고귀한 예술 혼, 찾아 떠나기

어느 예술가의 작품에서 열정과 재능이 보이면 작품에 시선이 멈춘다. 그 지점을 넘어 깊은 고뇌와 예술 혼까지 전해주는 예술가가 있다. 조각가 안토니 곰리. 생명을 불어 넣은 작품 앞에 선다.

영국 조각가 안토니 곰리는 현재 영국 예술계에 가장

영향력 있는 100인 중 4위라 한다. 그러나 외형적인 숫자보다 그의 조각과 제작 과정을 들은 뒤 그에게 몰입했다. 케임브리지 대학에서 고고학과 인류학을 전공하고 불교와 동양사상 연구를 위해 인도에서 3년 동안 머물며 그 기간에 배웠던 명상수련은 작품에 큰 영향을 주었다.

모든 예술가들이 새로움을 추구하지만 그의 조각은 가벼운 변화만을 시도하지 않는다. '인간존재'가 주제인 곰리의 작품은 신에 대한 경외심과 자연과의 합일, 역사를 재조명한다. 그의 조각은 21세기 문명의 발달을 과장하지 않고 현재를 깊은 철학적 관점으로 해석하여 변하지 않는 인간의 존엄을 나타낸다. 안토니 곰리는 인간을 사유의 존재로 표현하며 항상 더 높은 곳을 향하게 한다. 고귀한 지향점을 제시한 그는 오래전부터 내게 머물러 있었다.

2. 놀라움 : 실물뜨기 작업

나는 오래 전 약한 폐쇄공포증이 있었다. 소음 차단을 위해 방송국 녹음실의 두꺼운 문을 닫을 때나, 사람이 꽉 찬 전철을 힘들어 하는 내게 안토니 곰리의 조각 제작과성은 상상으로노 엄청난 것이었다. 그는 영혼이 스며든 조각을 만들기 위해 자신의 몸을 캐스트 한 실물뜨기(Live Casting) 표현방식을 채택한다. '실물뜨기'란 실제 모델의 몸 위에 석고를 바르고 틀을 만들어 실제와 똑같은 인간

형상을 제작하는 것이다.

자신의 몸을 석고로 뜨는 작업은 무한한 인내가 필요하다. 작가는, 작품으로 만들려는 자세를 취한 채 온몸을 뒤덮고 있는 두터운 석고가 완전히 굳을 때까지 꼼짝하지 않고 기다려야 한다. 입 주변에 뚫은 작은 구멍을 통해 간신히 숨을 쉬며 석고가 굳으면서 발생하는 열과 갑갑함을 견디어 내야한다. 이 힘든 작업을 견딜 수 있었던 것은 동양사상을 연구하며 명상수련을 배웠던 것이 큰 힘이 되었다.

실물뜨기 과정에서 그의 몸이 틀이 되어 석고가 굳어갈 때, 인내하고 있는 인체 내부의 에너지는 석고 껍질을 팽팽히 밀어내는 힘이 완성된 조각에 그대로 전달되는 것이다. 다수의 작가들은 머리와 가슴으로 작품을 완성한다면, 안토니 곰리는 작품에 몸을 일치시키며 영혼을 불어넣는다. 산사람을 쇳물에 넣어 종소리가 에밀레~ 로 들린다는 에밀레종의 전설이 생각났다.

영·혼·육이 합일된 작품의 실재를 만나고 싶었다.

3. 첫눈에, 「또 다른 장소 Another Place」

첫 만남은 사진이었다.

한적한 바닷가에 100개의 인체조각이 수평선을 바라보고 있다. 썰물에는 모습을 드러내고 밀물에는 잠기며 해가 뜨고 질 때 그 조각은 일출과 일몰에 시선을 두고 있다. 철학자의 출현이다. 평범한 바닷가는 사색의 장소로 바뀐다. 조각은 단순한 전시물이 아닌 살아있는 생명체로서 주위에 깊은 사유를 전파하고 있다. 명상에 잠긴 모습으로 해변에 서있는 189cm의 남성. 자기 내면의 무한함과 자신이 속한 시공간의 느낌을 인체형상에 담고 있다.

현재 영국 크로스비 해변에 설치돼 있는 「또 다른 장소」는 자연의 공간과 인체 형상을 이어주며 이야기를 건네주고 있다. 100명은 각각 다른 사색에 빠져 있다. 홀로 바다를 향해 독백을 하고 태양과 대화를 하는 듯하다.

곰리는 작품이 설치된 장소의 역사를 관람객에게 전한다. 「또 다른 장소」가 처음 설치되었던 독일 쿡스하벤 해변은 역사를 지니고 있다. 예전에 많은 독일인들이 이곳 항구에서 북해를 넘어 미국으로 이민 갔다고 한다. 곰리는 이 설치 장소에 대해 "다른 어떤 곳, 신세계를 향해 긴 여행을 감행했던 이민자들의 모습이 그대로 반영 되어있다"고 말했다.

작가가 의도한 서사성 외에 또 하나의 의미를 찾는다.

끊임없이 바다를 보고 있는 벌거벗은 인간의 모습은 태초의 창조자에게 돌아가고 싶은 원초적 그리움을 전한다. 실낙원의 실존적 인간이 지닌 오래된 고독이 전해온다. 그의 작품은 자신과 타인의 관계를 뛰어넘어 인간 전체의 문제를 다루고 있다.

4. 나인가, 너인가 「반영 Reflection」

한국에서 곰리의 작품을 볼 수 있는 미술관이 있다. 천안 아라리오 갤러리에서 「반영 Reflection」을 본다.

갤러리 입구 유리문을 가운데 두고 한사람은 안에서, 다른 한사람은 밖에서 서로 마주보고 있다. 작품을 만져보았다. 그의 실물뜨기 작업의 영향일까. 녹이 슬고 차가운 철인데도 차갑게 느껴지지 않고 살아 있는 듯한 느낌이다.

끝없이 서로에게 말을 거는 것 같으면서, 동시에 거울에 비친 자신의 모습을 응시하는 것 같기도 하다. 마주 선 두 사람은 거울에 비친 한사람일 수도 있다. 그들은 자신을 보며 타인을 떠올리고, 타인을 보며 그 속에 있는 자신을 본다.

인간은 자신 앞에 직면하면 내면의 고유한 본질을 발견하고자 한다. 그때에 몰려오는 불안. 피하고 싶은 우리에게 던져진 근본적 불안에서 도피하고 싶어도 죽음－무(無)의 문제에서 벗어 날 수는 없다. 극복 할 수 없는 한계에 부딪힌다. 불안은 우리가 도피하고 싶어도 실존은 우리를 철저히 지배하고 있다. 이 불안을 견디어 내기 위해 자신과 무한한 싸움을 하며 앞으로 나아갈 뿐이다.

홀로 시간이 멈춘 듯 서있는 조각을 인식하게 된 관람객은 그 조각에서 낯선 이방인의 모습을 느끼거나, 소외되어 가는 자신의 모습에 감정이입을 시키기도 한다.

서사적 감동을 주는 안토니 곰리의 특이한 작품세계가 전달된다. 곰리의 조각은 하나의 닫힌 형상이 아니라 보는 이의 눈을 바깥 공간으로 열게 하는 다리가 된다.

오스트리아 브레겐츠 ‘위기의 군중’

5. 깊은 대화 「위기의 군중 Critical Mass」

지난여름 갈망하던 안토니 곰리 특별전이 열리는 오스트리아 브레겐츠에 갔다.

「위기의 군중」이 있는 전시실에는 현대인의 불안과 고독, 긴장이 가득했다. 이 전시장의 모습처럼 우리 모두는 혼란 속에 뒤섞여 헤매고 있는 것인지도 모른다. 이목구비가 뚜렷이 드러나지 않고 코의 굴곡 정도만 볼 수 있는 조각 작품과 긴 이야기를 나누었다.

전시실의 문을 열자 훅, 하고 어떤 기운이 느껴진다. 안으로 들어가려던 순간, 걸음을 멈춘다. 넓은 전시장에 가득 찬 살아있는 이 생명의 기운은 어디에서 연유된 것인지…. 안토니 곰리가 실물뜨기 작업을 하여 석고가 굳는 동안 경험하는 폐쇄공포증과 기화열, 갑갑함을 견디어 내는 동안 응축된 내적 에너지가 석고에 배어 있다가 뿜어 나오기 때문인가.

모델은 작가 한사람인데 전시실에는 수 십 명의 고통스런 모습이 있다. 여러 사람이 가운데 엉켜 있고, 천장에 매달린 사람, 바닥을 구르는 사람, 넓은 전시장 한구석에 웅크리고 있는 사람, 포기 한 듯 누워 있는 사람, 벽만 응시하고 있는 사람. 각각의 작품은 인체 조화의 미(美)나 포즈를 보여주는 것이 아니라 한 사람씩 긴 얘기를 토해내고 있다. 인간이기 때문에 느끼고 벗어날 수 없는 자신의 아픈 얘기를 전해준다.

몇 년 전, 곰리는 「위기의 군중」을 미술관이 아닌 오스트리아 비엔나의 한 기차창고에도 설치하였다. 절망하고 체념하는 듯한 형상이, 나치의 역사가 깃든 비엔나의 공간에 설치된 순간, 나치시대의 유태인들을 연상케 하였고, 동시에 유태인과 관계된 역사적 장소로서의 의미를 강하게 나타냈다. 안토니 곰리의 인체조각들은 결국 유태인의 수난의 현장이 되었던 역사성을 드러내는 매개체가 된 것이다.

처절한 외로움과 고뇌 속에 몸부림치는 남성의 벌거벗은 조각은 설치된 장소에 따라 엄청난 차이를 보이고 있다.

그리스 조각 「원반 던지는 사람」은 어디에 놓아도 거의 완벽한 신체와 동작을 보여주며 원반 던지는 자세를 취하고 있다. 전쟁의 상흔이 있는 장소에 있거나 평온한 풀밭에 있어도 신체의 아름다움만을 보여줄 뿐이다.

그러나 곰리는 일반화된 인간 형상이 장소에 따라 특수한 상황으로 보이게 한다. 관람자로 하여금 조각을 통해 주변 환경에 내재된 의미를 생각하게 한다.

6. 빠져들다 「얼러트먼트 Allotment Ⅱ」

넓은 전시실 한 층에 한 가지 주제의 작품들만 있는 브

레겐츠, 쿤스트하우스 3층 전시실로 올라갔다. 전시실에는 아주 작은 평수에서 큰 평수까지의 크고 작은 아파트가 밀집해 있는 듯하다. 건물 사이 미로를 산책하듯 걸어다닌다. 그러나 이 건물 같은 직육면체의 작품은 건축물이 아닌 살아있는 사람의 인체를 본 뜬 것이었다.

사람을 건물이라 생각하고 한국식으로 크고 작은 평수의 아파트를 생각한 어처구니없는 발상. 예술 작품은 아는 만큼 보인다는 말이 생각난다.

「얼러트먼트」는 지역 공동체에서 자원한 사람들의 신체 치수를 재서 만든 것으로, 인간과 건축물 간의 관계에 서사를 대입시켜 인체를 직육면체 공간으로 형상화한 것이다. 매스컴을 통해 자신의 신체 치수를 잴 자원자들을 모집했다. 스웨덴, 말뫼에서 2살짜리 아기부터 80세 노인까지 300명의 신체를 실측하여 직육면체 콘크리트 블록으로 형상화한 작품이다. 이목구비와 신체 각 부위의 위치까지 정확히 각각 치수를 재고 표시했다. 그리고 그 치수를 직육면체 공간에 옮겨 귀, 입, 항문과 성기 부위에 구멍을 냈다한다.

곰리가 '방'이라고 부르는 이 공간들의 벽의 두께는 각각 5cm이고, 철근이 들어 있어서 실제로 들어가 살 수 있는 공간이다. 이 작품은 인간이 살아가기 위해서 필요한 최소한의 공간을 형상화한 것이다. 살아가기 위한 공간이 아니라 마지막 죽을 때 필요한 공간은 아닐지. 곰리의 작품들이 깊은 철학적인 사고에서 나왔다는 말을 다시 한 번 실감한다.

사이사이에 있는 미로들은 삶의 여정 같다.

「얼러트먼트」는 곰리가 생각하는 사회, 그 안에서의 인간의 삶에 대해 표현하고 있다. 서로 다르다고 주장하는 인간의 형상을 뜨면 모두 직육면체에 몇 개의 구멍으로 표현 된다는 것일까. 문명이 발달한 어느 도시의 거리를 아니, 사람 사이를 걸으며 깊은 상념에 빠진다.

7. 구도자의 모습

안토니 곰리에게서 창조의 힘을 보았다.

몸과 관련된 세계를 탐구하는 '몸의 철학자' 메를로 – 퐁티는, 세계는 인간의 인체처럼 유기적으로 연결되어 서로 정보를 주고받는 또 하나의 거대한 몸이라 한다. 이 담론은 개인의 인체가 모여서 커다랗게 어우러진 몸들이 역사와 현대 인간의 고통과 불만을 표현하는 안토니 곰리의 조각 작품과 일맥상통한다.

실물뜨기로 제작된 인체는 단순한 조각 작품을 넘어 영·혼·육이 어우러진 결정체이다. 곰리의 작품이 설치되면 평범한 공간은 역사를 고발하는 장소로 변모되고, 메마른 대도시의 거리에 인체조각이 설치되면 우뚝 서서 두툼한 철학 서적이 된다. 해변에서, 길에서, 전시실에서 잊고 있던 자아를 건드린다.

그의 작품을 보면 순례자의 마음이 된다.

안토니 곰리의 작품은, 예술이 다만 감상하는 것에서 끝나지 않고 사회에 공헌하며 진지한 삶의 자세와 끝없이 새로움을 시도하는 신선함을 보여준다. 그는 종교가 밑받침된 진정한 예술가로서 창조자에게 겸손히 무릎 꿇는 자세로 생명의 힘, 긍정의 힘을 보여준다.

진정한 창조자는 구도자이어야 한다.

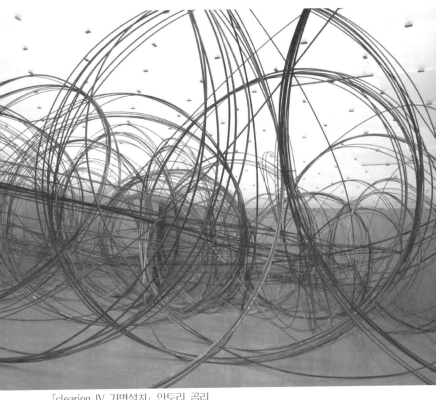

「clearing IV 가변설치」 안토리 곰리

※ 참고 PUBLIC ART vol 034

임근혜 'ANTHONY GORMLEY'

■ 연보

1948년   서울 출생

1971년   이화여자대학 독문학과 졸업

1982년   기독교 방송 성탄수필대회 금상 수상

1987년   기독교방송 「지금은 정보시대」에서 문화계 소식을
          전하고 인물 인터뷰, 영화코너 방송, 그 외 방송에서
          활동

1989년   극동방송 「사랑의 뜰안」 진행

1995년   방송위원회 심의위원

1998년   〈현대수필〉 봄호로 등단

1999년   첫 수필집 ≪하늘이 넓은 곳≫ 발간, 경기문화재단
          지원금 수혜
          ≪하늘이 넓은 곳≫ 평: '절제된 감정으로 빚은 지성
          의 결실' (윤재천 평론가)
          조재은 문학은 일체의 자기감정을 가능한 한 절제한
          상태에서 응축된 지성의 결실이다. 그 지성으로 현
          실의 장막에 가려진 여러 문제점을 하나하나 열어 보
          여 독자를 공감하게 하는 침잠된 힘, 저력을 수필이
          라는 형태로 나타내고 있다. 그의 문학적 바탕이 견
          고한 만큼 그가 보여줄 새로운 가능성에 대한 기대가

크다

2000년   〈현대수필〉 편집위원

2000년   분당수필문학회 회장

2000년   〈내일신문〉 '조재은의 영화와 삶' 연재

2001년   한국 문인협회 회원

2001년   조재은 평: '영화 같은 수필', ≪좋은 수필 읽기와 평설≫ (한상렬 평론가)

2002년   〈국방일보〉 에세이 연재

2002년   두 번째 수필집 ≪삶, 지금은 상영 중≫ 발간, 성남시 문화발전기금 수혜

         ≪삶 지금은 상영 중≫ 평: '미래에 대응하는 수필 문학 창작의 실험정신', ≪ 좋은 수필 그 외줄타기≫ (한상렬 평론가)

         ≪삶 지금은 상영 중≫은 전편이 영화를 소재로 한 퓨전적 발상으로 창작된 수필집이다. 영화를 보는 관람객의 천차만별한 각도의 차이를 화소(譁笑)로 제시한다. 새로운 패러다임 그리고 변화에 민감한 작가만이 이 같은 전환에 익숙하게 된다. 노회한 작가나 일상성에 젖은 작가의 눈에는 보이지 않는 특종의 기법이다.

2002년   〈현대수필〉 '영화 에세이' 연재

2002년   국제펜클럽 한국본부 회원

2002년   〈국민일보〉 에세이 연재

2004년 〈현대수필〉 편집장

2004년 분당구청 수필산책 강사

2004년 〈월간문학〉 편집위원

2005년 마당수필문학회 회장

2005년 세 번째 수필집 ≪시선과 울림≫ 발간, 2006년 한국
문화예술위원회 우수도서 선정

≪시선과 울림≫ 평: '지적소통과 영적 교감의 이중
주, 시선 너머와 울림 속으로' (박양근 평론가)

울림과 시선이 결여된 만남은 물리적 교차일지언정
감성적 교감이 되지 못한다. 낯선 변화를 꺼리는 우
리 수필계에서 시선과 울림이라는 현상학으로 미적
구조를 엮어 내기는 쉽지 않다. (…) 그의 담백한 정
결한 시선은 사물을 상상하는 힘이며, 이지적 해석
은 객관적 예지를 말하며, 순수의 침묵은 해박한 문
화 의식을 뜻한다.

2005년 '혈의 누', ≪나도 이런 수필을 쓰고 싶다≫에 게재

2006년 〈창조문예〉 '가족' 연재

2007년 구름카페 문학상

2007년 선집 ≪새롭고 가장 오래된 주제≫ 발간

2007년 조재은 평: '앞서가는 작가들', 〈수필시대〉 (한상렬
평론가)

2007년 이화여대동창 문인회 회원

2008년 한국여성문학인회 회원

2008년	YMCA 생활수필 강사
2008년	'수필의 영화화', ≪수필학 16집≫에 게재
2008년	조재은 평: '이계절의 작가', 〈수필세계〉 (최원현 평론가)

2008년 조재은 평: '이계절의 작가', 〈수필세계〉 (최원현 평론가)

조재은에게 수필은 바로 잃어버린 원초적 언어를 찾아 나선 그의 마음을 내보이는 모노드라마다. 그의 무대를 향한 의식은 경건하고 엄숙하다. 그만큼 숙명적 글쓰기요 목숨 내놓고 쓰기의 각오이다. 그렇게 해야만 그는 스스로를 견뎌낸다. 조재은 글쓰기의 치열함이요, 완벽을 향한 끝없는 창작에의 욕망이다. 그런 조재은의 가슴 깊이 뿌리내리고 있는 것이 있는데 바로 신앙이다.

2009년 〈현대수필〉 주간

2010년 현대수필가100인선 1, ≪도심 속 오아시스에 가다≫ 발간

≪도심 속 오아시스에 가다≫ 평: '실험적 열정과 수필미학의 영토' 안성수(문학평론가)

이 작가가 시도하고 있는 몇 가지 실험적 기법과 전략은 수필문학의 경계를 넓히고, 다양한 미적 감동의 형식과 구조의 탐색이라는 점에서 충분한 가치를 지닌다. 그의 많은 장점 중에서 특히 빛나는 것은 폭넓은 지성과 풍부한 예술적 감성, 그리고 개성 있는 다양한 실험적 자세에서 찾을 수 있다. 작가에게 한

편 한편의 작품은 모두 실험적 요소를 지니고 있기 마련이지만, 그가 보여주는 실험성은 모더니스트들의 뜨거운 전투를 방불케 한다.

2012년　'퓨전 수필이 나오기까지 문화적 당위성', ≪윤재천의 수필세계≫에 게재

2016년　조재은 평: '조재은의 영화에세이 퓨전과 하이브리드', 윤재천, 박양근 저 ≪구름카페문학상 작품세계≫

그녀가 이루어낸 창의적 변신은 동양적 미학과 서구적 시학으로 이루어진다. 동양적 미학이란 자기구원과 타인에 대한 사랑이며 서구적 시학은 영화와 문학의 접목, 이미지와 언어의 교감, 현실과 변용이라는 모더니티라 하겠다. 인문학과 예술의 접목 또한 조재은이 장르 실험에 끊임없이 도전하도록 해준 심미적 에너지라고 할 것이다.

우리는 조재은의 영화에세이가 어떤 변모를 일으킬지 궁금증을 갖고 기다린다.